Chères lectrices,

Avez-vous remarqué que [...] tous les
magazines fémin[...] ne chose :
notre corps et s[...] res : pas
une qui ne nous [...]. Quant
aux pages intérie[...] régimes
« faciles et sans [...] mannequins qui
n'ont visiblement ja[...] moindre petit bourrelet !

Rassurez-vous, je ne vais pas, à mon tour, vous proposer une
recette miracle pour perdre trois kilos en un week-end (entre
nous, je ne crois pas que ce soit possible…). En revanche,
je vous donnerai un conseil : lisez *Le bouquet de la mariée*
(Azur n° 2414) — une excellente façon de se réconcilier avec
nos rondeurs dans la bonne humeur !

Dans ce roman, vous ferez la connaissance de Jodie, une
jeune femme au physique généreux, bien décidée à perdre du
poids pour le prochain mariage de sa sœur. Sa résolution est
telle qu'elle va jusqu'à engager un coach, le séduisant Brad
Morgan, afin de mieux se motiver. Mais à la grande surprise
de Jodie, ce stage de remise en forme va lui faire découvrir
que l'apparence physique n'est pas le plus important dans
la vie. Car Brad, plutôt que de la transformer en poupée
« bodybuildée », incite Jodie à s'accepter comme elle est… et
comme elle lui plaît, puisqu'il est tombé fou amoureux d'elle.
Un sentiment partagé, est-il besoin de le préciser ?

Excellente lecture !

La responsable de collection

Dans une famille royale, le scandale n'est-il pas le pire qui puisse arriver ?

A partir du 1er juillet, découvrez

Les Carradine : une destinée royale

D'incroyables rumeurs agitent le petit royaume du Korosol. Le roi Easton aurait décidé de céder le trône à l'un de ses héritiers exilés aux Etat-Unis. Le vieil homme serait-il devenu fou ? Il n'a pas vu ses petits-enfants depuis des années ! D'ailleurs, rien ne dit que ces derniers voudront bien reprendre le flambeau… ou se montreront à la hauteur de la situation.

Désormais, le temps presse pour le roi Easton, gravement malade. Trouvera-t-il l'héritier ou l'héritière digne de lui succéder ?

Ne manquez sous aucun prétexte
Du 1er juillet au 1er décembre

La passionnante saga des *Carradine*
6 romans inédits de 192 pages

Un célibataire en sursis

SARA CRAVEN

Un célibataire en sursis

COLLECTION AZUR

éditions **Harlequin**

*Cet ouvrage a été publié en langue anglaise
sous le titre :*
THE TOKEN WIFE

Traduction française de
MARIE-NOËLLE TRANCHART

HARLEQUIN®

est une marque déposée du Groupe Harlequin
et Azur ® est une marque déposée d'Harlequin S.A.

© 2003, Sara Craven. © 2004, Traduction française : Harlequin S.A.
83-85, boulevard Vincent-Auriol, 75013 PARIS — Tél. : 01 42 16 63 63
Service Lectrices — Tél. : 01 45 82 47 47
ISBN 2-280-20312-X — ISSN 0993-4448

Prologue

Quand Alex Fabian était de mauvaise humeur, il émanait de lui une espèce d'électricité statique. Mieux valait alors se tenir à distance !

Ce soir-là, lorsqu'il fit son entrée dans le superbe hôtel particulier londonien de sa grand-mère, ses yeux verts étincelaient d'une lueur qui ne disait rien de bon. Il réussit cependant à adresser un bref sourire au vieux majordome de son aïeule.

— Bonsoir, Barnes. Vous allez bien ? Mme Barnes aussi ?

— Tous les deux fidèles au poste, monsieur Alex. Milady n'est pas encore descendue, mais vous trouverez M. Fabian au salon.

Alex fronça les sourcils.

— Mon père ? Je croyais qu'il était brouillé avec ma grand-mère.

— Ils se sont réconciliés la semaine dernière.

— Tiens, déclara seulement Alex.

Avant de se diriger vers le salon, il prit le temps de vérifier sa tenue dans une grande glace encadrée d'or.

Costume anthracite, chemise blanche, cravate discrète… seul bémol ? Ses cheveux, un peu trop longs. Il aurait pris le temps d'aller chez le coiffeur si sa grand-mère ne l'avait pas convoqué de toute urgence. Et il avait quelques soupçons quant aux raisons de cette convocation.

Il trouva son père en train de lire le journal, confortablement installé dans l'un des canapés qui encadraient la cheminée. Sans même lever les yeux, George Fabian déclara :

— Bonsoir, Alex.

Et, désignant la table où était disposé tout un assortiment de bouteilles, il ajouta :

— Il paraît que nous avons la permission de nous servir quelque chose à boire.

— C'est un peu tôt pour moi, merci.

Alex releva sa manchette immaculée pour consulter sa montre ultraplate en platine.

— Sommes-nous invités à prendre le thé ou à dîner ? J'aimerais bien le savoir.

— C'est à ta grand-mère qu'il faut poser cette question. Cette petite réunion de famille est son idée, pas la mienne.

— Une réunion à quel sujet ?

— Il s'agirait d'organiser la célébration de son prochain anniversaire. Entre autres !

Alex s'approcha de la cheminée et tapota du pied une bûche qui se consumait trop lentement à son gré.

— Entre autres ? C'est-à-dire ?

— Il est possible que l'on discute de ta position en tant que P.-D.G. de la banque Perrins.

Avec hauteur, Alex rétorqua :

— Comme si mes capacités de dirigeant pouvaient être remises en question !

— Tes capacités, non. Mais ton image, oui. On parle un peu trop de toi et de tes conquêtes dans la presse à scandale.

— Il faut faire vœu de célibat pour travailler chez Perrins, maintenant ?

Le ton d'Alex restait léger, mais son agacement était réel. En venant ici, il ne s'attendait pas à recevoir un sermon au sujet de sa conduite !

— Réfléchis un peu, reprit son père. La banque Perrins est une vénérable institution. Les cadres, des gens très conservateurs, n'apprécient guère le genre de publicité que tu leur fais. Quant aux clients, ils souhaiteraient avoir la garantie de confier leur argent à une société dirigée par un homme sérieux. Pas un play-boy.

Après un silence, George Fabian enchaîna :

— Méfie-toi. A vouloir planer trop haut, on risque de se casser la figure.

— Merci de l'avertissement, rétorqua Alex avec une politesse glaciale. Vous a-t-on demandé de me faire la leçon ? Ou bien est-ce de votre propre initiative que vous agissez de la sorte ?

— Ne sois pas aussi susceptible, mon garçon. Il est normal que je me fasse du souci à ton sujet. Je serais désolé de te voir gâcher tes chances de réussir une brillante carrière.

Alex haussa les épaules.

— Il n'y a pas que Perrins au monde. Si grand-mère me licencie, je trouverai sans peine un poste dans une autre banque.

— A condition que ta réputation de don Juan ne t'ait pas discrédité partout. Je te le répète : dans la haute finance, on est conservateur.

Il y eut un silence. Puis Alex alla se servir un whisky bien tassé.

— Je vais quand même boire quelque chose, marmonna-t-il.

Il se tourna vers son père, son verre à la main.

— Pourquoi faire tant d'histoires, tout d'un coup ? Quel a été le déclic ?

— C'est simple. Il est question d'un prochain remaniement ministériel. Peter Crosby devrait obtenir un poste très important. Mais si l'on découvre que sa femme n'est pas… une sainte, tu peux imaginer le scandale. Le *Daily Mercury* aurait déjà envoyé l'un de ses limiers enquêter sur Lucinda.

De nouveau, le silence se fit.

— Je vois, dit enfin Alex d'une voix neutre.

— Il paraîtrait aussi que Crosby fait enregistrer les communications téléphoniques de sa femme et qu'il songe même à engager un détective pour surveiller ses allées et venues. Il aurait déjà consulté un avocat. Il n'hésiterait pas à divorcer s'il craignait de voir Lucinda compromettre sa carrière. Elle n'est pas un modèle de vertu… et tu n'es pas le premier, tu sais.

— Je sais.

— Crosby est un homme vindicatif. Il ne se gênerait pas pour te traîner dans la boue.

Alex avala une gorgée de whisky.

— Sales fouineurs de journalistes ! lança-t-il.

— Ils font leur métier. Mais tu réalises, je l'espère, que jamais les membres du conseil d'administration n'admettront que le P.-D.G. de leur banque soit impliqué dans une histoire de divorce qui fera tous les gros titres. Du moins dans certains journaux.

Après un silence, George Fabian lança :

— Tu ne vas pas me dire que Lucinda Crosby est l'amour de ta vie ?

— Oh, non !

Alex se mit à ricaner.

— Je doute d'ailleurs qu'une telle créature existe.

Cela ne l'empêchait pas d'entretenir avec Lucinda Crosby la plus torride des liaisons. Mais il songeait depuis un certain temps déjà à y mettre un terme. Les femmes mariées n'étaient pas exactement ce qu'il recherchait. Même si elles étaient aussi belles et sensuelles que Lucinda.

— Non, Mme Crosby n'est pas l'amour de ma vie, déclara-t-il d'un ton sarcastique. Vous voilà rassuré ?

— Ne te crois pas tiré d'affaire pour autant. Ta grand-mère t'a-t-elle déjà parlé de ce cousin qui est allé vivre en Afrique du Sud juste avant la guerre ? Un certain Archie Maidstone ?

— Il me semble que oui.

Alex chercha dans sa mémoire.

— Elle l'aimait beaucoup, je crois ? Puis à la suite de je ne sais quels ennuis, il a été obligé de quitter la Grande-Bretagne.

— Il travaillait pour la banque et a détourné une somme importante. La famille a remboursé le préjudice, si bien que Maidstone n'a pas eu de problèmes avec la justice. Mais après cela, les Perrins lui ont offert un aller simple pour Le Cap en lui intimant l'ordre de ne jamais remettre les pieds en Angleterre.

— Il n'est jamais revenu ?

— Je ne le pense pas.

— Il doit être très vieux maintenant.

— Il est mort. Mais son petit-fils est récemment venu rendre visite à ta grand-mère. Et il lui a fait une excellente impression.

L'attention d'Alex s'éveilla soudain.

— Il est marié, poursuivit George Fabian. Ta grand-mère l'a invité avec sa femme à Rosshampton à l'occasion de ce fameux anniversaire.

— Où voulez-vous en venir, exactement ?

— Si tu tiens à ton héritage, méfie-toi.

— Je suis son unique petit-fils, quand même !

Avec mépris, Alex poursuivit :

— Et qui est ce type ? Juste un lointain cousin. Or elle a toujours dit que Rosshampton me reviendrait.

Il y avait cependant une pointe d'inquiétude dans sa voix tandis qu'il demandait :

— Vous pensez qu'elle pourrait changer d'avis ?

— Je n'en sais rien. Mais elle est sous le charme. Et il est marié ! Pour elle, cela signifie qu'il est stable. Ce que tu n'es pas, à ses yeux. Elle risque d'établir des comparaisons en ta défaveur.

Alex pinça les lèvres avant de lever les yeux vers l'aquarelle qu'il avait offerte à lady Perrins pour son quatre-vingtième anniversaire. Cette pochade représentait une ravissante demeure ancienne, au milieu d'arbres centenaires, de pelouses veloutées et de massifs de fleurs… Un rêve !

Enfant, Alex avait passé là-bas les années les plus heureuses de sa vie. Même maintenant, Rosshampton représentait toujours pour lui un havre de paix, de sécurité. De bonheur, peut-être.

C'était *sa* maison, son refuge. Et il avait toujours cru qu'elle lui reviendrait un jour.

Et voilà que le petit-fils d'un homme malhonnête pour lequel Selina Perrins avait toujours eu un faible, qu'un lointain cousin — un parfait inconnu — débarquait d'Afrique du Sud et menaçait de la lui prendre ?

Jamais !

Il en était là de ses réflexions quand la porte s'ouvrit sur lady Perrins. Elle portait une de ces longues robes noires qu'elle aimait mettre le soir, et ses cheveux blancs étaient relevés en un élégant chignon.

Alex remarqua qu'elle s'appuyait sur la canne à pommeau d'argent qu'elle refusait d'ordinaire d'utiliser, estimant que c'était faire preuve de faiblesse. Il en conclut que son arthrite la faisait souffrir et sa colère tomba brusquement, remplacée par un sentiment de compassion.

— Bonsoir, George, dit-elle en adressant un bref signe de tête au père d'Alex qui s'était levé courtoisement.

Puis elle toisa son petit-fils avant de lui adresser un sourire glacial.

— Il y a bien longtemps que je ne t'ai pas vu, toi.

— Bonsoir, ma chère grand-mère, murmura-t-il en allant l'embrasser sur la joue.

— Viens t'asseoir près de moi et raconte-moi ce que tu deviens. Je n'ai d'échos que par les journaux. Et ce que j'y lis ne me plaît guère.

— Il ne faut pas croire le dixième de ce qu'on raconte dans une certaine presse.

Déjà sur la défensive, Alex enchaîna :

— Quand on travaille dur, on a le droit de s'amuser aussi.

— Je n'y vois pas d'inconvénient, à condition de choisir judicieusement avec *qui* s'amuser.

Alex jeta à George un coup d'œil de reproche qui ne passa pas inaperçu.

— Ne regarde pas ton père ainsi ! dit lady Perrins d'un ton sec. Ce n'est pas lui qui m'a parlé de tes frasques avec Mme Crosby. J'étais déjà au courant.

— Vous auriez dû faire partie des services secrets britanniques, ma chère grand-mère.

Sans paraître avoir entendu cette boutade, elle reprit :

— Tu ne crois pas qu'il serait temps, Alex, que tu laisses les femmes mariées tranquilles pour songer à fonder une famille ?

Cette brusque attaque laissa Alex pantois. Il se serait plutôt attendu à quelques allusions discrètes au cours du dîner.

— Vous croyez qu'une fille accepterait d'épouser quelqu'un comme moi ? lança-t-il enfin d'un ton léger.

— Ne dis pas de bêtises. Nous n'avons aucune raison d'être fiers de toi, Alex. La banque risque de pâtir de tes écarts de conduite et je ne le permettrai pas. Il serait quand même temps que tu te conduises d'une manière plus responsable. Surtout à ton âge ! Tu as trente-trois ans, non ?

— Trente-deux.

— A cet âge-là, on s'assagit.

Alex réussit à cacher son irritation grandissante. Se faire réprimander comme un gamin ! Lui !

— Peut-être pourriez-vous me proposer une candidate convenable ? déclara-t-il d'un ton acide.

— Oh, si ce n'est que cela, je peux t'en trouver des douzaines !

Alex ne put s'empêcher de rire.

— Grand-mère, vous êtes impossible.

— Je ne ris pas. Dans trois mois, ce sera mon anniversaire. J'organiserai une fête à Rosshampton et je compte sur ta présence. Ainsi que sur celle de ta femme.

Alex retint sa respiration, tandis qu'une incrédulité sans nom se peignait sur le visage de son père. Il était évident que, pas plus que lui, George Fabian ne s'attendait à un semblable ultimatum.

— Grand-mère, ce que vous demandez est impossible. Comment pourrais-je rencontrer une femme et la persuader de m'épouser en si peu de temps ?

— Cela ne devrait pas être difficile pour un homme comme toi. Tu es riche, séduisant, charmeur, intelligent, cultivé… Quelle femme ne serait pas attirée par de pareils atouts ?

Sur ces mots, elle se leva.

— Tu as trois mois, Alex.

— Grand-mère…

Elle l'interrompit.

— Rosshampton est une maison faite pour une famille nombreuse. Je ne permettrai pas qu'elle abrite les liaisons scandaleuses d'un célibataire dépourvu de principes.

Cette fois, la menace était claire et Alex se sentit pâlir.

Sa grand-mère reprit sa canne.

— Ceci dit, allons dîner. Vous devez avoir faim.

Faim ? Ah, certainement pas ! L'appétit coupé, Alex suivit néanmoins son père et sa grand-mère dans la salle à manger.

Il était loin de s'attendre à une pareille mise en demeure ! Mais il était prêt à se battre pour Rosshampton. Par ailleurs, même si elle était parfois impossible, il aimait sa grand-mère.

Elle voulait qu'il se marie dans les trois mois ? Très bien, il allait se marier.

1.

— Louise, où es-tu ?

Louise Trentham, qui était en train d'explorer une vieille malle, fit la grimace en entendant la voix de sa belle-mère.

— Je suis au grenier, cria-t-elle. Je cherche des robes des années 30. On en a besoin pour la pièce que le groupe de théâtre amateur va monter au village.

— Viens ! ordonna Marian Trentham. J'ai à te parler.

Louise laissa échapper un petit soupir. Mais, docile comme à l'ordinaire, elle se laissa glisser par la trappe et descendit l'échelle.

— Que se passe-t-il ? demanda-t-elle en brossant son jean de la main. Comme vous me l'aviez demandé, j'ai fait un grand ménage, j'ai mis la table, acheté des fleurs et fait les courses. Il y a tout ce qu'il faut dans le frigo pour que Mme Gladwin prépare le repas.

— Le problème, c'est que Mme Gladwin vient de téléphoner pour m'annoncer que l'un de ses enfants est encore malade. Elle ne pourra pas venir ce soir.

Mme Trentham eut un geste agacé.

— Et pourtant, elle sait combien ce dîner est important pour nous !

« Ô combien ! » pensa Louise avec ironie. « Alex Fabian vient passer le week-end chez les Trentham ! C'est l'événement du siècle. »

A voix haute, elle déclara :

— Ce n'est pas sa faute si ce pauvre Tim fait de sévères crises d'asthme.

— Peut-être, mais à cause d'elle, je me retrouve dans une situation bien embarrassante.

— Vous n'avez qu'à aller dîner au Royal Oak.

— Tu… tu veux qu'on aille au restaurant ? s'écria Marian Trentham avec autant d'horreur que si sa belle-fille avait suggéré qu'ils se rendent au *fast-food* du coin.

— Le Royal Oak est une excellente adresse. Il est dans tous les guides. D'ailleurs, vous aurez de la chance si vous parvenez à obtenir une table.

Mme Trentham haussa les épaules avant de déclarer d'un ton docte :

— Quand on reçoit quelqu'un pour la première fois, surtout pour une occasion aussi importante, on ne l'emmène pas au restaurant.

Louise ne put s'empêcher de rire.

— Vous voulez montrer à Alex Fabian les délices de la vie familiale ? Je doute qu'il soit séduit. Un homme comme lui préférerait sûrement le Royal Oak.

— Je t'en prie, Louise. Je suis déjà assez énervée, n'en rajoute pas. Il s'agit d'un événement exceptionnel et l'ambiance est essentielle.

— Eh bien, Alex Fabian et Ellie n'ont qu'à créer leur propre ambiance. Après tout, c'est eux qui comptent !

— Arrête de discuter. Je suis simplement venue te dire que tu vas devoir remplacer Mme Gladwin ce soir.

Louise avait bien deviné que cela allait se terminer ainsi. Cela ne la dérangeait pas de jouer le rôle de la cuisinière. Mais un petit « s'il te plaît » n'aurait pas été superflu.

— C'est Ellie qui devrait se mettre aux fourneaux pour convaincre Alex Fabian qu'elle a toutes les qualités d'une bonne maîtresse de maison.

— Tu sais bien que ta demi-sœur est incapable de faire cuire un œuf à la coque. Mais c'est sans importance. Une fois qu'elle sera mariée, elle aura des domestiques.

« Il y en a ici aussi », faillit riposter Louise avec ironie.

— Bon, c'est d'accord ? reprit Marian. Tu t'occupes du dîner ? J'ai pensé que tu pourrais faire ce potage aux champignons que tu réussis toujours. Et avec les canetons, une sauce à l'orange.

— Très bien. Une fois que j'aurai préparé tout ça, suis-je censée vous rejoindre à la salle à manger pour ce tranquille dîner en famille ?

Marian hésita.

— Mais bien sûr, répondit-elle une fraction de seconde trop tard. Fais comme tu veux.

Louise la prit en pitié.

— Je crois qu'il vaut mieux que je reste à la cuisine. Je ne me vois pas apparaître avec mon tablier… De toute manière, je dois sortir : on a une répétition et j'ai promis d'apporter des costumes.

Marian ne répondit pas. Ce qui se passait au village laissait cette citadine complètement froide. Certes, elle était ravie de posséder une maison de campagne pour pouvoir en parler sur un ton négligent ou pour y inviter des amis. Mieux valait, cependant, ne pas lui demander de participer aux activités locales.

— Fais comme tu veux, répéta-t-elle. Et si tu peux occuper Ellie, n'hésite pas. Elle a besoin de se changer les idées. Elle est tellement nerveuse, en ce moment !

Marian partit, laissant Louise replier l'échelle. Cela n'ennuyait pas la jeune femme d'être considérée comme une servante dans la maison où elle était née. Après tout, les siens ne venaient pas souvent passer le week-end à Virginia Cottage ! Malgré tout, il lui arrivait de penser que sa belle-mère exagérait. Marian croyait vraiment que tout lui était dû.

« Bah, je n'aurai pas à la supporter longtemps maintenant », se dit-elle.

Bientôt, elle aussi se marierait et irait vivre dans la grande maison qui appartenait à David Sanders, son futur époux. Ce dernier serait furieux s'il apprenait que, une fois de plus, elle avait accepté de se transformer en bonne à tout faire.

— Ils profitent de toi, lui avait-il souvent dit. Tu es trop gentille, tu te laisses faire.

— Ce n'est pas grand-chose, répondait-elle invariablement. Et ça m'occupe pendant tes absences.

David travaillait pour la branche régionale d'une importante société de commissaires-priseurs. Il avait reçu récemment une promotion, ce qui l'obligeait à assister à de nombreuses ventes à Londres.

Louise, qui avait fait des études de droit, était employée par un cabinet d'avocats de la ville voisine. Elle avait l'intention de continuer à travailler jusqu'à ce que le premier bébé s'annonce.

Son avenir était tout tracé. Elle savait déjà qu'elle mènerait une existence sans complications. N'allait-elle pas épouser un homme qu'elle connaissait depuis toujours ? Enfants, ils jouaient déjà ensemble. Et si les années d'université les avaient séparés, ils s'étaient ensuite retrouvés et, tout naturellement, avaient décidé de se marier.

Ils n'étaient pas officiellement fiancés. Une grande fête était prévue, mais après la mort subite de son mari, la mère de David avait tout annulé — ce qui était compréhensible.

Le temps avait passé et elle ne semblait toujours pas avoir surmonté le choc. Comme elle refusait toutes les sorties, Louise s'était inquiétée.

— Viendra-t-elle au moins à notre mariage ?

Il y avait dans sa question un certain sarcasme qui avait échappé à David.

— Bien sûr, avait-il répondu gravement. Sois patiente, laisse-lui le temps de se remettre.

Jamais Louise ne l'avait avoué à David, mais Mme Sanders l'avait toujours profondément agacée. Et maintenant plus que jamais. Elle la soupçonnait de jouer les veuves inconsolables pour ne pas avoir à quitter la demeure qui appartenait désormais à David. Tout était arrangé de longue date, pourtant. Ne devait-elle pas partager avec sa sœur une jolie villa à Bournemouth ?

« Il faudra bien que ça arrive un jour ou l'autre, se dit Louise. Pas question que je vive sous le même toit que Mme Sanders. »

Pour le moment, elle occupait — seule, la plupart du temps — Virginia Cottage, la vaste demeure où, autrefois, elle avait vécu heureuse avec sa mère. Son père, qui dirigeait Trentham & Osborne, la maison d'éditions que le père de celui-ci avait fondée à Londres, revenait tous les week-ends.

La vie de Louise avait été bouleversée à la mort de sa mère, lorsqu'elle n'était encore qu'une enfant. Son père, qui n'avait pas le temps de s'occuper d'elle, l'avait envoyée en pension. Quant à ses vacances, elle les passait chez son oncle et sa tante, dans le Somerset.

Un jour, avec un visible embarras, son père lui avait appris qu'il allait se remarier.

— Tu vas avoir une nouvelle maman et une sœur.

« Une belle-mère et une demi-sœur », avait corrigé intérieurement Louise.

Habituée depuis longtemps à cacher ses émotions, elle avait jugé plus sage de garder ses réflexions pour elle.

Les deux « sœurs » ne se ressemblaient guère. Entre Ellie, la gracieuse petite blonde aux yeux bleus, et Louise, garçon manqué aux cheveux bruns, quelle différence !

Grande et gauche, Louise estimait n'avoir rien pour elle, à l'exception de ses grands yeux gris frangés de cils interminables.

On l'avait mise à la même école qu'Ellie. Trop gâtée par une mère en admiration devant elle, celle-ci aurait pu devenir une vraie peste. Pas du tout, elle était adorable et les deux « sœurs » devinrent très vite les meilleures amies du monde.

C'était déjà une vieille histoire ! Elles menaient désormais leur vie chacune de leur côté et n'avaient pas souvent l'occasion de se voir, puisque Ellie travaillait à Londres dans la maison d'éditions de son beau-père.

Et voilà qu'Ellie allait se marier !

— Il s'appelle Alex Fabian, avait-elle confié à Louise quelques semaines auparavant. C'est un banquier.

— Où l'as-tu rencontré ?

— Chez Trentham & Osborne. Il était venu voir papa pour affaires. Je ne pensais même pas qu'il m'avait remarquée… Et figure-toi qu'il m'a téléphoné le lendemain pour m'inviter au théâtre !

— Un banquier chez Trentham & Osborne…, avait murmuré Louise. Tu crois que papa veut augmenter le capital de la société ?

— Je n'en sais rien. Il faut lutter avec les grosses boîtes et ça devient de plus en plus dur pour les éditeurs indépendants.

Louise, qui avait entendu ce discours toute sa vie, s'était contentée de conclure :

— Rien de nouveau sous le soleil.

Peu à peu, au travers des conversations à bâtons rompus qu'elle avait avec sa sœur, Louise s'était fait une image d'Alex Fabian.

C'était l'homme le plus séduisant du monde. Il avait ses entrées partout et il connaissait tous ceux — mais surtout toutes celles — qui comptaient : actrices célèbres, princesses, mannequins…

— L'autre soir, nous étions invités à l'inauguration d'une nouvelle brasserie, lui avait raconté Ellie. Une rousse superbe s'est approchée de notre table, une certaine Lucinda. Alex n'avait pas l'air très content de la voir. Elle lui a demandé en riant comme une folle si c'était moi, l'agneau du sacrifice. Quelle question bizarre, tu ne trouves pas ?

— En effet.

— Quand j'ai demandé des explications à Alex, il m'a répondu que Lucinda avait un humour un peu particulier.

Louise avait peine à comprendre pourquoi Alex Fabian s'était intéressé à Ellie. Douce, gentille au point d'en être naïve, celle-ci était incapable de faire le poids en face d'un homme que l'on présentait comme un requin en affaires. Doublé d'un terrible séducteur !

Ellie était-elle seulement amoureuse ? Louise n'en était pas sûre. Sa demi-sœur parlait beaucoup des restaurants où elle avait dîné, des premières ou des vernissages auxquels elle avait été conviée, des célébrités qu'elle avait rencontrées… Mais de celui qu'elle avait promis d'épouser, elle ne disait pas grand-chose.

Ce don Juan impénitent avait peut-être été séduit par la douce candeur d'Ellie ? Ne disait-on pas que les extrêmes s'attiraient ?

Quoi qu'il en soit, il devait venir ce week-end pour demander officiellement sa main.

« Charmant, mais plutôt démodé », pensa Louise.

Elle avait l'intuition que toute cette histoire cachait quelque chose d'inavouable, et, sans trop savoir pourquoi, se sentait mal à l'aise.

Louise trouva Ellie au salon.

— Tu veux m'aider à éplucher les légumes ? lui demanda-t-elle.

— Oui, bien sûr.

Ellie lui adressa un sourire contraint avant de la suivre dans la cuisine. Sans enthousiasme, elle mit un tablier, s'empara d'un couteau et s'assit devant un plat plein de champignons.

— On commence par ça ?

Louise éclata de rire.

— Tu n'as pas l'air d'une fiancée radieuse.

— Je ne suis pas encore fiancée.

— Tu le seras dans quelques heures.

— Oui, dit Ellie d'un air morne.

Louise fronça les sourcils.

— Si du moins c'est ça que tu veux. Tu en es sûre ?

— Bien sûr.

— Tu as l'air d'une condamnée à mort.

— Quelle idée !

Comme si elle récitait une leçon, Ellie déclara :

— Alex est un homme exceptionnel et je vais mener une vie extraordinaire avec lui. C'est fabuleux, non ?

« On croirait entendre Marian, pensa Louise. Et il est bien possible que ce soient les mots de sa mère que répète Ellie. »

Avec des gestes rapides et précis, Louise se mit en devoir de peler un champignon de Paris.

— Tu l'aimes ?

— Naturellement.

— Alors pourquoi parais-tu si bizarre ?

— Parce que tout s'est passé très vite. Trop vite !

— Dis-lui que tu as besoin de temps. S'il tient à toi, il comprendra.

Ellie baissa la tête.

23

— On est pressés de se marier, marmonna-t-elle.

Louise demeura en arrêt, la pointe de son couteau en l'air.

— Oh ! Tu es enceinte ?

Sidérée par cette question, sa sœur protesta :

— Bien sûr que non. Quelle idée ! Comment serait-ce possible ?

— Les gens qui s'aiment sont souvent… amants, déclara Louise, mal à l'aise. Et un accident peut arriver.

— Pas dans notre cas, assura Ellie, écarlate. Parce que nous… euh, nous ne…

— Je comprends.

Louise se remit au travail en s'efforçant de cacher son étonnement. Elle aurait juré qu'un homme comme Alex Fabian n'aurait pas attendu. A Londres, cela devait être facile de vivre comme on l'entendait. En revanche, dans un petit village où chacun épiait son voisin, mieux valait ne pas espérer avoir un peu d'intimité.

« Je peux en témoigner mieux que quiconque, pensa-t-elle avec amertume. Et de toute manière, avec Mme Sanders pour chaperon, rien n'est facile. »

De plus, David ne semblait pas pressé.

— A quoi bon vouloir hâter les choses ? avait-il demandé. Nous avons la vie devant nous.

Elle observa sa sœur en fronçant les sourcils.

— Il y a un problème, je le sens. Tu ne veux pas te confier à moi ?

Après un long silence, Ellie avoua :

— Il me fait un peu peur. C'est comme ça depuis le début.

Stupéfaite, Louise demanda :

— Dans ce cas, pourquoi as-tu accepté de le voir ?

Ellie haussa les épaules.

— Je n'étais pas très bien dans ma peau au moment où j'ai fait sa connaissance. Je me suis dit que… que si je sortais avec lui, ça allait me changer les idées.

— Et ?

— Et ça a réussi, assura Ellie avec un rire forcé. La preuve ? Nous allons nous marier. Tout s'est arrangé pour le mieux…

— … dans le meilleur des mondes, termina Louise avec ironie. Maintenant, tu ferais mieux de me laisser éplucher les légumes, parce qu'à ce rythme-là, nous y serons encore demain.

— Oh, pardon !

— Ne t'inquiète pas. La future Mme Fabian n'aura pas à se préoccuper de tâches aussi terre à terre. Dépêche-toi d'aller te faire belle pour lui.

— Oui… Il ne devrait pas tarder, maintenant. Mon Dieu, comme tout va vite ! murmura Ellie en sortant de la cuisine.

Louise la suivit des yeux, à la fois perplexe et soucieuse. Sa sœur n'avait pas l'air spécialement ravie de pouvoir bientôt dire « oui » pour la vie à l'homme qu'elle adorait.

L'espace d'un instant, Louise fut tentée de parler de tout cela à Marian. Elle y renonça aussitôt, sachant que son intervention serait plutôt considérée comme une ingérence. De toute manière, Ellie n'était plus une enfant. Elle était assez grande pour prendre des décisions.

Restée seule, la jeune femme se remit au travail avec son efficacité coutumière. Bientôt, tous les légumes furent lavés et épluchés. Deux canetons, farcis par ses soins, n'attendaient plus que d'être enfournés.

Lorsqu'elle deviendrait la femme de David, elle devrait faire la cuisine quotidiennement. Cela ne lui déplaisait pas. Elle n'enviait nullement le sort d'Ellie, qui aurait du personnel pour effectuer toutes les tâches domestiques.

Le dîner devait être servi à 20 heures. Après avoir préparé une grande jatte de crème Chantilly destinée à accompagner les fraises du jardin, Louise constata qu'elle avait largement le temps de terminer la tâche que sa belle-mère avait brusquement interrompue.

N'avait-elle pas promis à ses amies d'arriver à la répétition avec tout un choix de robes ?

Elle retourna dans ce grenier rempli d'un invraisemblable bric-à-brac accumulé par des générations de Trentham et se remit à chercher dans les malles. Fascinée par toutes ces vieilleries, elle aurait volontiers feuilleté les albums de photos qu'elle venait de découvrir dans un coin.

Mais elle n'en aurait pas le temps aujourd'hui : le moment était venu de mettre les canetons au four.

Elle s'empara du monceau de robes qu'elle avait sélectionnées et les jeta sans cérémonie par la trappe.

En dessous, quelqu'un jura. Louise jeta un coup d'œil en contrebas et s'aperçut que ces chiffons poussiéreux semblaient soudain prendre vie. Sous les couches de taffetas, de soie ou de velours, des jurons retentirent de nouveau.

— Oh, là, là ! s'exclama Louise en descendant l'échelle quatre à quatre, au risque de se rompre le cou. Je suis désolée. Je n'ai pas pensé une seconde que quelqu'un passait juste au moment où…

Le visage de sa victime émergea d'un fouillis de dentelle et de crêpe.

— Ah, bon ? C'était accidentel ? Je m'imaginais qu'il s'agissait d'un rite bizarre. Un bizutage, en quelque sorte.

Horrifiée, Louise comprit qu'elle se trouvait devant Alex Fabian en personne. Grand, mince et musclé, avec de larges épaules et des yeux verts étincelants, il était incroyablement séduisant. Dans la City, il avait un surnom : le Roi-Lion. Il suffisait de voir ses épais cheveux sombres aux reflets fauves, légèrement bouclés, pour comprendre pourquoi !

26

Il n'était peut-être pas beau dans le sens conventionnel et classique du terme. Mais il émanait de lui une telle présence, une telle énergie et un tel dynamisme que la jeune femme en demeura sans voix.

Elle se sentit frissonner.

« Pauvre Ellie ! » pensa-t-elle.

Alex Fabian prit tout son temps pour la détailler de la tête aux pieds. Et elle rougit en se sentant déshabillée par son regard insolent.

— Qui êtes-vous ? demanda-t-il.

— La cuisinière.

Du bout de son pied chaussé de cuir noir, il repoussa le tas de robes de toutes les couleurs.

— Et vous vous déguisez pour préparer le dîner ?

— Non. Tout ça, c'est pour le groupe de théâtre amateur du village. On prépare un spectacle : *Une soirée avec Noël Coward.*

— Du Noël Coward ! Ce n'est pas trop ambitieux pour une troupe d'amateurs ?

C'était exactement ce qu'avait dit Louise lorsque les autres avaient fait cette proposition. Mais elle n'allait sûrement pas dire à cet homme qu'ils étaient du même avis !

— Ne vous inquiétez pas, lança-t-elle. On ne vous demandera pas d'acheter un billet.

Il sourit et la jeune femme sentit les battements de son cœur s'accélérer subitement.

— Je sais qui vous êtes ! Louise, la demi-sœur d'Ellie.

Il se présenta brièvement :

— Alex Fabian.

Craignant elle ne savait quel danger si elle serrait la main qu'il lui tendait, Louise se baissa pour ramasser les vêtements épars.

— Oui, j'avais deviné qui vous étiez, dit-elle du bout des lèvres. Excusez-moi, mais le devoir m'appelle.

— Vous allez vraiment faire la cuisine ?

— Il faut bien que quelqu'un s'en charge. N'ayez pas peur, je promets de ne pas vous empoisonner.

— Je l'espère bien. Attendez une seconde.

Il leva la main et lorsqu'il lui caressa la tête, elle bondit en arrière.

— Mais vous êtes fou ! Que vous arrive-t-il ?

— Du calme, dit-il avec amusement. Vous aviez une toile d'araignée dans les cheveux. Vous voyez ?

Il lui en montra les restes au bout de ses doigts.

— Voilà une pauvre araignée sans logis.

— Un banquier sentimental ! Qui l'eût cru ?

Il éclata de rire.

— Ce n'est pas l'esprit de repartie qui vous fait défaut. Mais je ne veux pas vous faire perdre de temps si vous devez vous occuper de vos casseroles.

Il s'inclina moqueusement.

— Mademoiselle Louise Trentham, à tout à l'heure !

« Pas de danger », pensa-t-elle.

Après avoir fini de préparer le dîner, elle irait à la répétition. Le lendemain, elle pourrait aller passer la journée à la mer avec David. Et le dimanche, elle n'aurait qu'à prétendre avoir la migraine. Bonne idée ! Elle n'aurait qu'à rester enfermée dans sa chambre jusqu'à ce qu'ils rentrent tous à Londres.

Un peu plus tard, en préparant la sauce à l'orange qui accompagnerait les canetons, elle réfléchissait.

Ainsi, Ellie allait épouser ce superbe spécimen masculin ? Ce banquier qui, à l'instar du roi Midas, transformait en or tout ce qu'il touchait ? Ce play-boy dont certains journaux ne se lassaient pas de raconter par le menu les torrides aventures ?

Très élégante avec son ensemble en jersey améthyste et ses perles, Marian vint faire un tour dans la cuisine.

— Tout va bien ?

— Ici, oui. Quant au reste, j'ai des doutes.

— Que veux-tu dire ?

— J'ai vu Alex Fabian. Vous allez laisser Ellie l'épouser ?

Sa belle-mère se redressa encore.

— C'est eux que cela regarde.

Louise soutint son regard.

— Pauvre Ellie ! Elle me fait penser à un agneau qu'on jette en pâture à un tigre.

— Tu devrais écrire des mélodrames pour ton groupe d'amateurs ! lança Marian d'un ton sarcastique.

— Mieux vaut un mélodrame qu'une tragédie. Marian, vous ne vous rendez pas compte ? Elle ne fait pas le poids devant lui. L'aime-t-elle seulement ? Honnêtement, je ne le pense pas.

— Oh, elle lui sera très vite dévouée corps et âme !

Avec un petit rire, Marian poursuivit :

— Après tout, c'est un professeur expérimenté. Dis-moi, Louise, tu ne serais pas un peu jalouse, par hasard ?

— Sûrement pas. J'ai David. Il vaut largement Alex Fabian.

Marian se contenta de hausser les épaules. Puis elle consulta sa montre ornée de petits diamants.

— Tu auras le temps de te changer ?

— Pour aller à la répétition ?

— Tu ne peux pas servir le dîner vêtue d'un jean et d'un vieux pull !

— Je n'ai aucune intention de le servir. J'ai dit que je ferais la cuisine, ça s'arrête là. Vous et Ellie pouvez très bien apporter les plats.

— Louise…

— Pas question ! A moins que vous ne vouliez que je renverse la soupière sur la tête d'Alex Fabian ?

— Bon, bon ! Très bien, nous ferons le service, se hâta de dire Marian.

— Et vous saurez aussi charger le lave-vaisselle ?

Sa belle-mère sortit sans répondre. Louise esquissa un sourire sans joie. Cette toute petite victoire ne lui avait apporté aucun plaisir.

Une fois dans sa chambre, la jeune femme alla ouvrir la fenêtre. Allait-il pleuvoir ? Non, le ciel était clair.

En contrebas, Ellie ne cessait de faire des allers et retours dans une allée bordée de rhododendrons. Son téléphone portable à l'oreille, elle discutait sans fin.

Louise faillit lui faire signe et y renonça, tant sa sœur semblait agitée. Elle entassa les robes dans de grands sacs en plastique. Tout en se donnant un coup de peigne, elle jeta un coup d'œil dans le jardin. Mais Ellie n'y était plus.

Un peu plus tard, lorsqu'elle descendit prendre sa voiture, Louise s'arrangea pour passer devant les portes-fenêtres de la salle à manger. A la lueur des bougies, elle aperçut Ellie, souriante et animée.

« Elle a l'air heureuse », pensa-t-elle, rassurée.

La répétition avait déjà commencé dans la salle communale. Presque tous les membres de la troupe se trouvaient déjà là. Sauf David. Mais cela ne surprit pas Louise outre mesure. David s'occupait des éclairages et sa présence n'était pas vraiment nécessaire à ce stade.

Elle profita d'une pause pour déballer ses trouvailles, sur lesquelles ses amies se précipitèrent.

— On peut faire les essayages maintenant ? demandèrent-elles à Ray, le metteur en scène.

— Pourquoi pas ?

Pendant qu'elles allaient s'habiller dans les coulisses, Louise s'aperçut qu'il était déjà tard. Elle se tourna vers Ray.

— Où est donc David ?

— Oh, il a téléphoné tout à l'heure. Il a eu un problème et il ne pourra pas venir ce soir.

— Il ne m'a pas appelée.

— Il a dû penser que je te mettrais au courant.

— Quel est le problème ?

— Je n'en sais rien. Je suppose que sa mère a encore fait des histoires à propos de rien.

Après un silence, il ajouta :

— Tu n'aurais pas de queues-de-pie et de hauts-de-forme dans ton grenier, par hasard ?

— Je n'en ai pas vu, mais je n'ai pas ouvert toutes les malles. J'y jetterai un coup d'œil demain, si tu veux.

— Merci.

Une fois la répétition terminée, Louise ne s'attarda pas avec les autres qui avaient décidé de prendre un verre au pub.

— Il faut que je rentre, prétendit-elle.

Elle fit un détour pour passer par la place. Mais la maison de David était plongée dans l'obscurité la plus totale. Après avoir réussi à calmer sa mère, il avait dû se mettre au lit.

« Il aurait pu me téléphoner, quand même », se dit-elle, un peu déçue.

Il le ferait sûrement le lendemain, et avec un peu de chance, ils pourraient passer la journée sur la côte comme elle l'avait prévu.

A sa grande surprise, tout était noir également à Virginia Cottage. Curieux ! Elle aurait pensé que la soirée allait se prolonger.

Elle gara sa voiture à côté du long coupé sport qu'elle avait déjà remarqué un peu plus tôt. Alex Fabian ne roulait pas dans la voiture de Monsieur Tout-le-Monde !

31

Puis, au lieu de monter dans sa chambre, elle se rendit dans la cuisine pour se faire une tasse de thé et grignoter un biscuit. Après tout, *elle* n'avait pas dîné !

Elle marqua un temps d'arrêt sur le seuil.

— Quel fouillis ! s'exclama-t-elle.

Marian ne s'était même pas donné la peine d'ouvrir le lave-vaisselle, se contentant d'empiler des plats sales ici et là. L'espace d'un instant, Louise fut tentée de tout laisser en désordre.

Mais c'était reculer pour mieux sauter. Car le lendemain, la même tâche l'attendrait.

En soupirant, elle se mit au travail. Elle était en train de rincer les assiettes quand la porte s'ouvrit derrière elle.

— Bonsoir, Cendrillon. Le bal s'est terminé avant minuit ?

La jeune femme sursauta. L'assiette en porcelaine qu'elle avait entre les mains lui échappa et se cassa en mille morceaux sur le carrelage.

Après le vacarme, le silence pesa. Un silence presque insoutenable.

32

2.

— Je vous ai fait peur ? demanda Alex Fabian. Excusez-moi.

D'un ton moqueur, il ajouta :

— J'espère qu'on ne retiendra pas la casse sur vos gages.

Louise lui adressa un coup d'œil peu amène. Il avait ôté sa veste ainsi que sa cravate et roulé les manches de sa chemise au-dessus de ses coudes, découvrant des avant-bras musclés et bronzés.

— Quelle idée de surgir comme un diable de sa boîte à une heure où tout le monde dort !

Il eut un ricanement bref.

— A cette heure-ci, ma chère, la soirée commence à peine à Londres.

— Désolée, mais ici, tout est beaucoup plus calme.

— C'est ce que je vois. Au douzième coup de minuit, les habitants se transforment en citrouille ?

— Vous auriez dû préciser que vous vouliez passer la nuit à vous amuser, dit Louise tout en sortant une pelle et un balai. Ils se seraient mis en quatre pour vous distraire.

— J'ai l'impression que vous ne m'aimez pas beaucoup.

— Nous n'avons pas grand-chose en commun. Nous vivons dans des sphères tellement éloignées l'une de l'autre !

— Mais ces sphères se sont rencontrées. Je ferai bientôt partie de votre famille. Vous ne me félicitez pas ?

Avec brusquerie, Louise jeta dans la poubelle les débris de l'assiette.

— Pourquoi ? Parce que vous avez décidé d'épouser Ellie et qu'elle a accepté ? Avec tout ce que vous aviez à lui offrir, comment aurait-elle pu dire non ?

— En effet, elle n'a pas dit non, murmura-t-il, plus amusé qu'offensé. Les femmes répondent en général mieux à la carotte qu'au bâton.

— Quel cynisme ! Où est Ellie ?

— Elle dort, je suppose. Toute cette surexcitation… c'était trop pour elle.

Tout en chargeant le lave-vaisselle, Louise déclara :

— C'est vous qui êtes trop pour elle. Savez-vous seulement qu'elle a peur de vous ?

— Non.

Après une pause, il enchaîna :

— Je ne m'en étais pas aperçu, je l'avoue. Mais elle n'a rien à redouter de ma part.

— Ellie est très fragile, au fond. Elle a besoin de tendresse, de douceur, de gentillesse… Je crains que vous ne soyez incapable de lui offrir cela, monsieur Fabian.

— Vous êtes prompte à juger et à condamner sans la moindre preuve, mademoiselle Trentham, coupa-t-il d'une voix dure.

Plus doucement, il reprit :

— Ellie n'a rien à redouter de ma part, je le répète. Je saurai bien la traiter. Etes-vous rassurée ?

— C'est elle qu'il faudrait rassurer.

Il pinça les lèvres.

— Je l'aurais fait si j'avais eu la moindre chance de me trouver seul avec elle ce soir. Mais tout de suite après le dîner, elle est montée dans sa chambre. Il y a cinq minutes, quand

34

j'ai voulu lui parler et que je suis allé frapper à sa porte, elle n'a pas répondu.

— Elle a dû penser que vous vouliez plus qu'une simple conversation.

A peine avait-elle prononcé ces mots que Louise les regrettait. Elle se sentit rougir et, pour se donner une attitude, se baissa pour prendre un paquet de détergent.

— Pourquoi dites-vous cela ? s'étonna Alex Fabian. Si vous êtes dans ses confidences, vous devriez savoir que je n'ai jamais tenté de précipiter les choses.

— Mais maintenant, vous êtes fiancés, ça change tout.

— Je n'en sais rien, pour la bonne raison que je n'ai encore jamais été fiancé. Que dois-je faire, à votre avis ? Monter la rejoindre dans son lit ? Ou bien attendre demain ?

— Vous êtes impossible !

— Si vous pensez qu'Ellie s'attend que je lui témoigne mon ardeur, je suis prêt à faire un effort.

— Vous prenez tout à la plaisanterie !

— Avant que vous ne partiez en claquant la porte, il faut que je vous fasse des compliments pour le dîner. Tout était délicieux.

— Merci.

— Vous êtes une cuisinière exceptionnelle. Quand on possède des dons pareils, il est dommage de ne pas en faire profiter les autres. Vous n'avez jamais songé à en faire votre métier ?

— Jamais. Je pense que je me contenterai, plus tard, de préparer des petits plats pour mon mari.

Le regard d'Alex Fabian se posa sur sa main gauche dépourvue de bagues.

— L'heureux élu existe-t-il autrement que dans vos songes ?

— Ellie ne vous a pas dit que j'étais fiancée ?

— En réalité, Ellie ne m'a pas dit grand-chose. Alors, qui est ce fiancé ?

— Un ami d'enfance. Il habite au village et travaille pour Galbraiths.

Il sut tout de suite de qui il s'agissait.

— Ah, les commissaires-priseurs ! Et il a un nom, cet ami d'enfance ?

— Evidemment. David Sanders.

Avec un visible agacement, elle demanda :

— Pourquoi voulez-vous savoir cela aussi ?

— Pour connaître son nom quand j'irai à votre mariage. L'époux d'Ellie aura droit à une invitation, je suppose ?

L'époux d'Ellie ? Lui ? Louise avait toutes les peines du monde à l'imaginer dans ce rôle.

— Pourquoi ne travaillez-vous pas pour Trentham & Osborne comme votre sœur ? demanda-t-il.

— Je n'ai jamais été très attirée par l'édition. Et je n'aime pas beaucoup Londres. Je préfère la campagne. Dès que je l'ai pu, je suis revenue vivre ici. Je travaille pour un cabinet d'avocats dans la ville voisine.

— Vous êtes avocate ?

— J'ai fait des études de droit, mais je ne suis pas avocate.

— Vous semblez avoir bien organisé votre existence, murmura-t-il, songeur. Rien n'est laissé au hasard. David Sanders est-il l'homme de votre vie ?

— Oui.

Il haussa les sourcils.

— Vous avez de la chance d'être aussi sûre de vous.

— Oui, j'ai de la chance. Et vous aussi.

Avec effort, elle ajouta :

— Je suis persuadée qu'Ellie et vous serez très heureux ensemble.

Il la fixa d'un regard aussi froid qu'énigmatique.

— Bien entendu.

Louise ne jugea pas utile de rester plus longtemps qu'il ne le fallait en compagnie d'un homme comme Alex Fabian. Ce dernier avait le don de la mettre mal à l'aise.

Après avoir jeté un dernier coup d'œil autour d'elle, elle déclara :

— Bon, j'ai fini de tout ranger. Je vous laisse éteindre les lumières ? Bonsoir.

— Bonsoir, future belle-sœur.

Louise savait déjà qu'elle aurait du mal à s'endormir. Et ce fut le cas.

« Idiote ! se gourmanda-t-elle. Oublie ce type. Pense plutôt à ce que tu feras demain. »

Si Mme Gladwin ne venait pas, il faudrait sûrement qu'elle prépare le petit déjeuner. Mais après cela, ils se débrouilleraient comme ils pourraient. Elle avait bien l'intention d'aller faire un tour sur la côte avec David. Ils déjeuneraient d'un plateau de fruits de mer, puis ils iraient marcher le long de la plage et discuteraient sérieusement. Il était temps qu'ils fixent la date du mariage. Mme Sanders devait quand même s'habituer à l'idée d'aller vivre à Bournemouth !

Elle réussit enfin à trouver le sommeil. Un sommeil peuplé de rêves étranges. Elle se vit remontant l'allée centrale de l'église du village au bras de son père. Là-bas, devant l'autel, David l'attendait.

Mais lorsqu'elle arriva près de lui et qu'il tourna la tête, elle ne vit qu'un masque blanc. Elle se réveilla en sursaut, terrifiée et en nage.

Le lendemain matin, ce cauchemar était toujours très net dans sa mémoire.

Elle sauta du lit et après avoir pris une douche, enfila une jupe en jean et un petit haut en coton blanc. Puis elle brossa ses cheveux bruns, tentant de les discipliner — une tâche pratiquement impossible. Et enfin, elle se maquilla légèrement : n'allait-elle pas voir David ?

Elle trouva Mme Gladwin dans la cuisine, en train de préparer les œufs au bacon.

— Comment va Tim ?

— Beaucoup mieux, merci. Il a eu une terrible crise d'asthme hier. Je suis navrée de vous avoir laissé tout ce travail.

— Bah !

— J'ai déjà monté du thé à M. et à Mme Trentham. J'ai laissé le plateau à la porte de Mlle Ellie. Elle doit encore dormir, elle n'a pas répondu quand j'ai frappé. Quant à son fiancé, j'ignore quels sont ses goûts. Prend-il du thé ou du café ?

— Attendez qu'il descende. Il vous le dira.

Louise avala une tasse de thé et grignota un toast beurré avant d'appeler David sur son portable. Mais il l'avait éteint. Elle n'allait certainement pas composer le numéro du téléphone fixe des Sanders, sachant qu'elle tomberait immanquablement sur la mère de son fiancé.

« Et elle va se mettre à gémir si je lui dis que je veux passer la journée avec son fils. »

En montant, elle constata que le plateau d'Ellie était toujours devant la porte. Elle frappa.

— Réveille-toi ! Ton thé va être froid.

Pas de réponse. Après avoir hésité un instant, elle se décida à tourner la poignée. La chambre était vide. Et le lit aussi soigneusement fait qu'il l'était la veille au soir.

Ellie n'avait pas dormi dans sa chambre… mais dans une autre.

« C'est leur affaire », se dit Louise.

Elle prit son sac et redescendit.

— Je vais acheter les journaux au village, dit-elle au passage à Mme Galdwin.

Elle fit tout d'abord un détour par la place. Les rideaux de la chambre de David étaient clos.

« Il dort encore, par ce beau temps ? » s'étonna la jeune femme.

Mais lorsqu'elle constata que la Peugeot bleue de son fiancé n'était pas à l'endroit où il la garait habituellement, un sourire lui vint aux lèvres. David avait dû se rendre au Virginia Cottage par un chemin différent de celui qu'elle venait d'emprunter.

Elle passa chez le marchand de journaux avant de regagner la demeure familiale. Mais David ne semblait pas être là non plus. En revanche, Alex Fabian se promenait dans le jardin.

Louise n'avait aucune envie de lui parler, mais comment aurait-elle pu l'éviter ?

— Bonjour, dit-elle d'un ton froid.

— Bonjour. Vous avez bien dormi ?

— Oui, merci. Et vous ?

— Pas très bien.

Son sourire parut plein de sous-entendus à la jeune femme qui ne put s'empêcher de lancer d'un ton acerbe :

— Et par conséquent, Ellie non plus, je suppose ?

Il fronça les sourcils.

— Que voulez-vous dire, s'il vous plaît ?

— Oh, je vous en prie ! Elle n'a pas passé la nuit dans sa chambre et j'en ai tiré les conclusions qui s'imposaient.

— Désolé, mais je n'ai pas vu votre sœur depuis hier soir.

— Bizarre…

Voyant que Marian, debout en haut du perron, leur faisait de grands signes, Alex hocha la tête.

— Votre belle-mère va nous expliquer ce qui se passe.

Ce fut avec un grand sourire aux lèvres que Marian accueillit Alex.

— Le petit déjeuner est prêt, annonça-t-elle.

— Avez-vous vu Ellie ce matin ? Louise vient de m'apprendre qu'elle n'a pas passé la nuit dans sa chambre.

Marian porta la main à son cœur.

— Quoi ? Tu dis des bêtises, ma pauvre enfant. Ta sœur devait être trop énervée pour dormir et tout de suite, tu en fais un drame.

Louise tenta de s'éclipser, les laissant s'expliquer. Mais devinant ses intentions, Alex lui avait saisi le bras dans une poigne de fer.

— Allons jeter un coup d'œil dans la chambre d'Ellie.

Bon gré, mal gré, Louise fut bien obligée de gravir l'escalier. Elle ne se faisait plus guère d'illusions. La veille, Ellie ne semblait pas elle-même. De plus, il était évident qu'elle ne souhaitait pas épouser Alex Fabian.

« Elle a dû s'enfuir, pensa-t-elle. Je devrais être contente… »

Au lieu de cela, elle se sentait en proie à une vive appréhension.

— Alors ? demanda Alex, une fois dans la chambre de sa fiancée. Manque-t-il quelque chose ?

Louise ouvrit le placard.

— Sa valise n'est plus là.

— Et elle a laissé ces deux enveloppes. Il y en a une pour vous et une pour moi.

Il tendit à la jeune femme celle qui lui était adressée. Elle la décacheta et lut ces quelques mots :

« Louise, je suis désolée. Essaie de comprendre et de me pardonner.

Ellie. »

— Ça ne veut rien dire, murmura-t-elle.

40

Alex Fabian, lui, avait eu droit à deux pages qu'il parcourait avec une moue dégoûtée.

— Elle me demande de lui pardonner, reprit Louise. Mais pour quoi ? Pour être partie ?

— Pas seulement pour cela.

Après un silence, Alex déclara :

— Elle n'est pas partie seule.

La jeune femme lut alors dans ses yeux une infinie compassion. Et son appréhension décupla.

M. Trentham poussa la porte.

— Ah, vous êtes là ! Louise, Mme Sanders est au téléphone. Va lui parler, elle est complètement hystérique. Elle n'arrête pas de répéter : « David et Ellie. » Je crois qu'elle est devenue folle.

— Moi, je ne crois pas, dit Alex d'un ton sec.

Il se tourna vers Louise. Les yeux agrandis dans son visage devenu couleur craie, les lèvres tremblantes, la jeune femme avait enfin compris.

— Non, Mme Sanders n'est pas folle, reprit Alex. Mais bouleversée. Et il y a de quoi : ma fiancée vient de s'enfuir avec son fils.

— Voyons, ce n'est pas possible ! s'écria M. Trentham. Vos fiançailles avec Ellie ont été célébrées hier.

— Ellie et David s'aimaient depuis déjà un certain temps.

Alex brandit la lettre que lui avait laissée sa fiancée d'un soir avant de poursuivre :

— Mais ils essayaient de nier cet amour et tentaient de se conduire noblement à cause de Louise. Si Ellie est sortie avec moi, c'était dans l'espoir d'oublier David. Ils n'ont cependant pas eu le courage de se sacrifier jusqu'au bout.

Louise ferma les yeux. Elle était incapable de réfléchir. Des images, toujours les mêmes, ne cessaient de passer et repasser dans son esprit. Ellie au téléphone, dans l'allée de rhododendrons.

La maison de David plongée dans l'obscurité. L'emplacement vide où il avait l'habitude de garer sa voiture.

Si elle s'était écoutée, elle aurait hurlé. Grâce au ciel, elle savait se dominer !

— Il faut les retrouver, dit son père avec autorité. Il faut la ramener ici.

Alex haussa les épaules.

— Ellie est majeure. A elle de décider comment mener sa vie. Nous avons pris toutes les décisions à sa place sans même lui demander son avis.

Marian les rejoignit sur ces entrefaites.

— Ce n'est pas possible ! Ma jolie Ellie, avec ce… ce pauvre type ?

Alex lui adressa un coup d'œil très dur.

— Vous semblez oublier, madame, que David Sanders était le fiancé de Louise.

— Je n'ai rien oublié du tout. C'est sa faute, aussi ! Toujours à l'encourager à venir ici. Il a vu Ellie, et forcément, il l'a trouvée beaucoup plus jolie.

Alex secoua la tête.

— Non. D'après cette lettre, ils se sont rencontrés à Londres. Louise ne peut pas être blâmée. C'est surtout elle qui est à plaindre. Elle a été cruellement trahie. A la fois par son fiancé et par sa demi-sœur.

La jeune femme frissonna.

— Mme Sanders doit toujours être au téléphone, s'entendit-elle dire d'une voix morne. Je vais lui parler.

Alex l'arrêta.

— Non. Votre père peut s'en charger. Ou votre belle-mère. Il n'y a aucune raison pour que cela retombe sur vous.

M. Trentham paraissait soudain avoir vieilli de dix ans.

— J'y vais, décida-t-il en voûtant les épaules d'un air las. Même si je ne sais pas ce que je vais pouvoir lui dire.

Après son départ, Marian s'avança vers le « fiancé », les mains tendues.

— Mon pauvre Alex, comme vous devez souffrir !

— Je n'aime pas que l'on me prenne pour un idiot, riposta-t-il d'une voix coupante. La défection de votre fille va me compliquer la vie plus que vous ne pouvez l'imaginer. Mais je vous en prie, n'en rajoutez pas ! Vous saviez parfaitement que nous n'étions pas amoureux l'un de l'autre.

Marian parut perdre pied. Cela ne dura pas. Et ce fut avec un sourire plein de compréhension qu'elle murmura :

— Vous avez été profondément blessé, même si vous refusez de l'admettre. Mais tout n'est pas perdu. Il faut que nous prenions des décisions, que…

— Ma décision est prise : je rentre à Londres.

— Mais il faut discuter…

— Au sujet de l'augmentation du capital de Trentham & Osborne ?

Alex eut un rire plein de cynisme.

— Etant donné les circonstances, je n'ai plus rien à dire à ce sujet.

Louise entendait les mots mais n'arrivait pas à en saisir la signification. Un épais brouillard l'environnait.

— Je… je ne me sens pas très bien.

Elle courut dans la salle de bains et se laissa choir dans un coin, recroquevillée sur elle-même, en proie à un désespoir sans nom. Le froid des dalles lui fit du bien, quelqu'un lui caressait les cheveux avec tendresse et peu à peu, elle se sentit mieux.

— Vous ! s'écria-t-elle en relevant la tête. Mon Dieu, c'est vous ?

— Et qui d'autre ? Votre père est toujours au téléphone et votre belle-mère s'est enfermée dans sa chambre. Vous aviez besoin de réconfort.

— Pas de votre part, rétorqua-t-elle en se levant. Si vous n'aviez pas obligé Ellie à vous épouser, on n'en serait pas là.

— Le résultat aurait été le même. David et Ellie s'aimaient et voulaient vivre ensemble. Ils y seraient arrivés d'une manière ou d'une autre. Je n'ai été qu'un catalyseur, dans cette histoire.

Après un silence, il enchaîna :

— Vous auriez voulu épouser un homme qui en aimait une autre ?

— Laissez-moi, s'il vous plaît, supplia-t-elle.

— Très bien. Voulez-vous que je vous apporte du thé ?

— Du thé ?

Sa voix monta presque à l'aigu tandis qu'elle répétait :

— Du thé ! J'ai le cœur brisé et c'est tout ce que vous trouvez à m'offrir ?

— Les cœurs sont solides, répliqua-t-il, imperturbable, avant de sortir.

Cinq minutes plus tard, ce fut Mme Gladwin qui lui apporta une tasse de thé.

— De la part de M. Fabian, dit-elle. Personne ne veut de petit déjeuner et j'ai dû jeter tout ce que j'avais préparé. Quel dommage !

— Quel dommage, oui, dit la jeune femme avec une totale indifférence.

L'employée retenait mal sa curiosité.

— Je reviens le week-end prochain, mademoiselle Louise ? La famille sera là ?

— Ma belle-mère vous tiendra au courant, madame Gladwin. Moi, je n'en sais rien.

« Et je m'en moque », faillit-elle ajouter.

Tout ce qui constituait son existence venait de s'effondrer, et on aurait voulu qu'elle continue à vivre normalement ? Après ce qui venait de se passer, comment pourrait-elle encore habiter cette maison — ce village ? Tout le monde saurait forcément ce qui s'était passé. Elle imaginait déjà les regards pleins de pitié…

— Pas question, murmura-t-elle entre ses dents serrées.

Elle contempla sans vraiment les voir la tasse en porcelaine fleurie, la théière assortie, le napperon ajouré.

« Il faut que je parte d'ici, pensa-t-elle. Et le plus tôt possible. »

Soudain, elle éclata en sanglots. Ah, c'était bien le moment de pleurer !

Les larmes coulaient toujours sur ses joues tandis qu'elle troquait sa jupe contre un jean. Elle jeta dans un sac de voyage d'autres pantalons, quelques hauts, un pull.

Partir, c'était bien joli. Mais pour aller où ?

Bah, elle pouvait toujours se réfugier chez son oncle et sa tante, dans leur ferme du Somerset. Le temps qu'elle décide ce qu'elle allait faire de ce désert qui était désormais sa vie.

Avant de descendre, elle alla frapper à la porte de la chambre de son père et de Marian.

Ce fut son père qui lui ouvrit. En voyant le sac, son expression changea.

— Ellie est revenue ?

— Non. C'est moi qui pars pendant un certain temps.

Il ne paraissait même pas la voir.

— Il faut absolument qu'Ellie revienne. Sinon c'est la fin de tout.

— N'exagérons rien. C'est peut-être la fin de tout pour moi, mais pas pour toi.

— Tu ne te rends pas compte. Fabian et moi nous étions mis d'accord. S'il épousait Ellie, il injectait du capital dans la société. Maintenant, il ne veut plus rien entendre. Sans augmentation de capital, la faillite nous guette. Je risque de tout perdre.

Louise eut l'impression de se trouver devant un étranger.

— Je crains que tu n'aies déjà tout perdu, dit-elle avec amertume. Du moins, ce qui compte vraiment.

Elle soupira avant d'ajouter :

— Bon, je pars. Je te passerai un coup de fil quand j'aurai trouvé un point de chute. Pour le moment, je ne sais pas encore où je vais.

Cela ne parut pas même pas l'inquiéter.

Louise pensait qu'Alex Fabian était parti depuis longtemps. Mais il était encore là, assis sur le capot de son coupé sport. Elle n'eut pas le temps de faire demi-tour : il l'avait vue.

— Ah, vous voilà ! dit-il. Je vous attendais.

3.

Quel spectacle pouvait-elle bien offrir ? Un visage blême, des yeux rougis, des joues humides de larmes. Pourquoi fallait-il que cet homme se trouve toujours là aux moments où elle se sentait le plus vulnérable ?

— Qu'aviez-vous besoin de m'attendre ? demanda-t-elle avec lassitude. La situation est claire, autant pour vous que pour moi. Inutile d'épiloguer.

— Où allez-vous ?

— De mon côté. Et vous du vôtre !

— Non, justement.

Il s'empara du sac de voyage que la jeune femme avait posé par terre et alla le mettre dans le coffre de son coupé, à côté de sa propre valise.

— Mais… mais vous avez perdu la tête ?

— Il faut bien que quelqu'un prenne les choses en mains. Tout n'est pas toujours rose dans les familles, d'accord ! Mais vous n'avez vraiment pas de chance avec la vôtre. Votre sœur vient de partir avec votre fiancé. Quant à votre père et à votre belle-mère, ils ne songent qu'à leurs difficultés financières. Ils ne se rendent même pas compte que vous êtes en train de sombrer.

— Pas du tout. Je me sens capable de faire face.

— Vous n'êtes pas en état de conduire. Au premier virage, vous allez rentrer dans le décor.

47

— Ce serait peut-être la solution.

— Le suicide n'est jamais une solution. Vous êtes jeune, vous avez la vie devant vous.

— Vous voulez rire ? demanda-t-elle avec amertume.

— Réfléchissez une seconde. Vous n'êtes pas de celles qui capitulent devant les obstacles. Au contraire, vous êtes une battante.

— Qu'en savez-vous ?

Sans tenir compte de l'interruption, il poursuivit :

— En ce moment, vous êtes forcément sous le choc. Mais je pense que, très vite, vous aurez envie de prendre votre revanche.

— Moi ? Me venger ? s'écria la jeune femme avec incrédulité.

— J'espère qu'après le mal qu'il vous a fait, vous ne songez pas à vous réconcilier avec votre David Sanders !

— Ce que j'ai l'intention de faire ne vous regarde en rien. Je ne vois pas très bien où cette conversation peut nous mener. Aussi je vous prierai de me donner mon sac et de me laisser tranquille.

Au lieu de cela, Alex ferma le coffre.

— Il semblerait que nous soyons destinés à faire un bout de route ensemble. Dites-moi où vous voulez que je vous conduise.

— N'importe où, à condition que ce soit le plus loin possible de vous.

— Pas très logique, remarqua-t-il.

— S'il y a quelqu'un à qui je ne veux rien demander, c'est bien vous.

— Malheureusement, je suis la seule personne sur laquelle vous pouvez vous appuyer en ce moment. Vous avez sûrement une destination quelconque en tête.

Vaincue, elle murmura :

— J'allais dans le Somerset, chez des parents.

— Et après ?

— Je n'en sais rien. Si vous croyez que je suis en état de faire des projets en ce moment ! La seule chose que je sais, c'est que je ne pourrai jamais revenir ici. Au village, tout le monde sait que je devais épouser David. Après ce qui vient de se passer, comment pourrais-je regarder en face tous ces gens-là ?

— Ce n'est pas vous qu'ils blâmeront.

— Non, mais ils me prendront en pitié. Je ne veux pas de ça.

— Je vous comprends.

Il ouvrit la portière côté passager.

— Allez, montez ! Je vous emmène dans le Somerset.

— Mais vous aviez l'intention de rentrer à Londres.

— J'ai le temps : n'étais-je pas censé passer tout le week-end à Virginia Cottage ?

Louise se sentit soudain trop épuisée pour discuter davantage. Conduire dans son état ? Alex Fabian avait raison : ce serait suicidaire.

— Vous pouvez me plaindre, moi aussi, déclara-t-il en s'installant derrière le volant. Après tout, je suis également lésé dans cette histoire.

— Oui, vous avez l'air désespéré, dit-elle d'un ton moqueur.

— Je suis plutôt furieux. Attachez votre ceinture.

Comme chaque samedi matin, il y avait un marché au village, et ils avançaient à une allure d'escargot. Au grand étonnement de Louise, Alex Fabian ne s'impatienta pas.

La jeune femme redoutait d'être reconnue. Mais grâce au ciel, nul ne vint frapper à sa vitre pour la saluer.

Ils atteignirent enfin l'autoroute. Les poings et les mâchoires crispés, Louise avait réussi jusqu'à présent à ne pas pleurer. Elle refusait de se laisser aller en présence d'Alex Fabian.

— Vous savez, les choses ne peuvent qu'aller mieux, dit-il soudain. Vous réussirez à surmonter tout ça, à vivre autrement, à…

Elle ne le laissa pas en dire davantage.

— Je voudrais que tout redevienne comme avant.

— Vraiment ? Ça vous amuse d'être la bonne de toute la famille ? Ça vous plaît d'être trahie par celui qui prétendait vous aimer ?

— Non. Arrêtez de me traiter en victime.

Elle lui adressa un coup d'œil vindicatif.

— D'accord, j'ai été le dindon de la farce. Mais je ne suis pas la seule.

— Hélas, non !

— Vous prenez cette histoire à la légère. Pour vous, ce n'est pas très grave.

— Au contraire, cela va m'attirer de gros problèmes.

Il haussa les épaules.

— Mais je vais essayer de me débrouiller. Et vous ? Et votre travail ? Qu'allez-vous faire ? Donner votre démission ?

— Je le suppose. Mais j'ai des vacances à prendre.

Du temps qu'elle avait l'intention de consacrer à la préparation de son mariage, puis à son voyage de noces.

— Je… j'écrirai à mes employeurs, je leur expliquerai et… et étant donné les circonstances, ils…

Elle ne put retenir plus longtemps ses larmes.

— Non ! Oh, non ! s'écria-t-elle avec désespoir.

Alex s'arrêta sur le bas-côté. Il ne chercha pas à lui parler, à lui faire entendre raison ni même à la consoler. Sans la regarder, il se contenta de lui tendre un mouchoir.

— Merci, balbutia-t-elle.

Et, après un silence seulement troublé par le bruit de ses sanglots, elle ajouta :

— Je suis désolée.

Il attendit qu'elle soit un peu calmée pour demander :

— On reprend la route ?

— Oui, s'il vous plaît. Je vous ai déjà fait perdre assez de temps, ajouta-t-elle avec gêne.

— J'accepte les larmes, mais pas l'humilité, déclara-t-il d'un ton sec en enclenchant la première vitesse. Ça ne vous ressemble pas.

Que répondre à cela ?

— Pourquoi vouliez-vous épouser Ellie ? interrogea-t-elle brusquement.

— Je n'avais aucune intention de me marier. Et soudain, je m'y suis trouvé contraint. Ellie semblait être la candidate idéale. Voilà tout !

— *Voilà tout* ! répéta-t-elle avec incrédulité. Vous croyez que l'on bâtit un mariage solide sur des bases pareilles ? Que pensait Ellie de tout ça ?

— Elle ne voulait pas de moi non plus. J'ai tenu à m'en assurer avant.

— Je rêve ! Mais que cherchiez-vous ?

— Eh bien, je ne voulais surtout pas d'une fille amoureuse de moi.

— Ça ne tient pas debout.

— Je me serais arrangé pour qu'elle mène une existence très agréable. Puis nous aurions divorcé à l'amiable, et elle aurait reçu une belle indemnité. De quoi, en tout cas, vivre très largement. Le marché me semblait honnête.

— Un marché ! Un cauchemar, oui ! Et Ellie a accepté ?

— Sans problème, puisqu'elle savait qu'il ne s'agissait pas d'un vrai mariage.

51

— Ça ne tient pas debout, répéta Louise. Je commence à comprendre pourquoi elle est partie ! Mais ce que je ne comprends pas, c'est pourquoi vous l'avez choisie, elle. Les candidates, comme vous dites, ne devaient pas manquer.

— Oh, c'est certain ! Mais elles n'auraient pas forcément accepté de partir une fois que je n'aurais plus eu besoin d'elles.

Louise lui adressa un regard plein de mépris.

— Vous vous croyez donc irrésistible ?

— Dans certaines circonstances, je peux l'être.

« Quel être odieux ! » pensa la jeune femme.

Et son regard devint encore plus méprisant.

— Si vous n'avez pas envie de vous marier, pourquoi monter une pareille comédie ?

— Je suis l'objet d'un chantage.

— Oh ! Un mari jaloux, je suppose ?

— Non, c'est une femme qui est derrière tout cela.

— Parce que vous avez refusé de l'épouser, je parie ?

— Il s'agit de ma grand-mère. Elle aura quatre-vingt-cinq ans dans quelques semaines.

— Vous vous moquez de moi ?

— Je le voudrais bien. Malheureusement, il n'y a pas de quoi rire. Ma grand-mère veut que je me marie, et je suis bien obligé d'obtempérer.

— Pourquoi ?

— Parce que si je n'en passe pas par là, elle me déshéritera.

— Ce n'est pas vrai ! s'écria Louise, plus dédaigneuse que jamais. Vous avez besoin d'argent ? Je vous croyais riche.

— Il ne s'agit pas d'argent, mais d'une maison.

— Une maison… à laquelle vous tenez ?

— Exactement. C'est là que je suis né, tout comme ma mère. J'ai passé une bonne partie de mon enfance à Rosshampton. J'ai toujours aimé cette propriété, je m'y sens chez moi, j'étais persuadé qu'elle me reviendrait, et la perspective de la voir appartenir à d'autres me rend tout simplement malade.

— Qui est sur les rangs ?

— Un lointain cousin qui revient d'Afrique du Sud. Il est marié, lui ! Or pour ma grand-mère, Rosshampton est une demeure faite pour abriter une famille. Par conséquent, elle a décidé que je devais m'assagir et m'a fixé un ultimatum. Le jour où l'on fêtera son quatre-vingt-cinquième anniversaire, il faut que j'arrive avec une jeune mariée au bras.

— Vous voulez qu'une fille joue la comédie jusqu'au décès de votre grand-mère ? C'est honteux !

— Primo, ma grand-mère n'a aucune envie de mourir. Secundo, elle a toujours dit qu'elle me donnerait Rosshampton de son vivant, pour éviter les droits de succession.

— Cela ne vous gêne pas de la priver de sa maison ?

— Elle préfère maintenant vivre à Londres, où elle trouve plus d'animation.

D'un ton sarcastique, il ajouta :

— Ne vous imaginez pas ma grand-mère comme une pauvre malheureuse qu'un homme sans scrupules — moi en l'occurrence —, dépouille de bon cœur !

Louise se sentit rougir.

— Tout cela ne me regarde en rien. Mais je comprends qu'Ellie n'ait pas voulu entrer dans votre jeu. Quelle personne saine de corps et d'esprit accepterait de se prêter à une pareille mise en scène ?

— Vous, peut-être.

La jeune femme en demeura sans voix pendant quelques instants.

— Vous... vous êtes complètement fou, réussit-elle enfin à dire.

— Au contraire, je n'ai jamais été aussi sérieux de ma vie. Vous avez besoin de trouver un emploi et un refuge pour panser vos blessures. Prenez la place d'Ellie et vous aurez un travail et une maison. Et dès que Rosshampton m'appartiendra, vous serez libre et vous recevrez beaucoup d'argent. De quoi construire une nouvelle vie. Pas mal, non ?

— C'est monstrueux !

— N'exagérons rien. Admettez que ma proposition résoudrait à la fois vos problèmes et les miens.

— Vivre avec vous ? Merci bien !

— On ne vivrait pas vraiment ensemble. Nous nous contenterions d'habiter sous le même toit, juste pour les apparences. Je ne vous toucherais même pas !

— Vous me dégoûtez.

— J'en suis navré. Et votre père le sera aussi quand il apprendra que l'avenir de sa maison d'édition se trouve de nouveau en danger.

— Vous allez refuser de l'aider comme vous l'aviez promis ?

— Ma promesse était soumise à certaines conditions. Si celles-ci ne sont pas remplies, je m'estimerai libéré de mes obligations. A moins…

Il marqua une pause avant de poursuivre :

— A moins que vous ne changiez d'avis. Dans ce cas, je ne demanderai qu'à respecter les termes de l'accord initialement conclu.

— Votre grand-mère peut être fière de vous. Quand il s'agit de chantage, vous la valez largement.

— Personne ne vous oblige à accepter ce marché. Etant donné la manière dont vous traite votre entourage, je comprendrais que vous ne leviez pas le petit doigt pour empêcher Trentham & Osborne d'aller à la ruine.

— Vous savez bien que je ne peux pas agir ainsi, dit-elle avec amertume.

— Je le sais, et je comptais là-dessus. Donc, vous acceptez ma proposition ? Un mariage blanc jusqu'à ce que Rosshampton m'appartienne ?

— Ai-je le choix ?

— Je prends cela comme un « oui ».

Elle ne protesta pas. A quoi bon ? Elle était bel et bien piégée.

Une sortie d'autoroute s'annonçait. Alex l'emprunta, fit demi-tour par tout un entrelacs de bretelles et repartit dans la direction de Londres.

— Que faites-vous ? s'écria Louise. Je croyais que vous me conduisiez dans le Somerset !

— Votre oncle et votre tante vous attendent ?

— Non, mais...

— Inutile de leur compliquer la vie. Autant aller à Londres et mettre au point les arrangements nécessaires. Etant donné les circonstances, je suggère de nous faire délivrer une autorisation spéciale afin de pouvoir célébrer notre mariage dans les plus brefs délais, par une cérémonie très discrète, avec juste deux témoins. Après, il sera toujours temps de prévenir parents et amis. Qu'en pensez-vous ?

— Vous voulez savoir ce que je pense ?

Il éclata de rire.

— Non, je n'y tiens pas vraiment. Là-dessus, étant donné qu'il est déjà plus de midi, je propose que nous allions déjeuner. Je connais un endroit agréable tout près d'ici. Je n'ai rien avalé ce matin et je parie que vous non plus.

— Je n'ai pas faim.

— Vous verrez que vous vous sentirez mieux après un bon repas.

— Je me sentirai mieux quand votre grand-mère vous donnera le titre de propriété de cette satanée maison. Pas avant.

Elle secoua la tête.

— Seigneur, comment ai-je pu accepter de participer à une pareille comédie ?

Dix minutes plus tard, Alex arrêtait sa voiture dans le parking d'un hôtel de charme situé au milieu d'un vaste parc.

— Il y a beaucoup de voitures, remarqua-t-il. Je vais demander s'il y a une table pour nous.

— Comme c'est joli ! s'exclama Louise. Je ne connaissais même pas l'existence de cet endroit. Il n'est pourtant pas bien loin du village. Comment l'avez-vous trouvé ?

— J'y suis venu plusieurs fois en week-end. C'est confortable, discret, et la cuisine est excellente.

Il n'avait pas eu besoin de préciser qu'il était en galante compagnie. C'était plus qu'évident et Louise se sentit rougir.

« Et une fois ce prétendu mariage célébré, il continuera à papillonner… »

Car il l'avait prévenue : il n'avait aucune intention de modifier son mode de vie.

« Et cela m'est bien égal qu'il sorte avec une femme différente chaque week-end, se dit-elle. Pendant ce temps, au moins, je ne le verrai pas. »

Alex ne tarda pas à revenir avec une clé.

— Je vous ai pris une chambre. Cela ne vous fera pas de mal de vous passer le visage à l'eau fraîche. On voit que vous avez pleuré, et je ne veux pas que les gens pensent que c'est à cause de moi.

Il l'examina en fronçant les sourcils.

— Avez-vous autre chose qu'un jean dans votre sac ?

— Non, je n'ai pris que des pantalons. J'étais censée aller dans une ferme, pas dans un hôtel élégant.

— Bon, c'est sans importance. De toute manière, il va falloir que je vous achète toute une garde-robe.

— S'il me faut des vêtements, je les achèterai moi-même.

56

— Pas question. Vous connaissez les prix chez les grands couturiers ?

— Je n'ai pas besoin de…

— Cela fait partie de notre contrat.

— Mais je ne…

— A partir de maintenant, ma chère, c'est moi qui commande.

Il lui tendit la clé.

—Chambre n° 24, au deuxième étage. Allez vous arranger un peu. Et quand vous aurez repris figure humaine, vous me rejoindrez au bar. Que voulez-vous boire ?

— Pourquoi me le demandez-vous, puisque c'est vous qui commandez ?

Sur ces mots, la jeune femme se dirigea vers l'entrée imposante de l'hôtel. Elle ne se retourna pas. Mais elle aurait parié qu'Alex Fabian était en train de rire.

La chambre était vraiment très joliment décorée. Quant à la salle de bains, c'était le comble du luxe et de la modernité, avec une baignoire assez vaste pour deux.

« Le parfait nid d'amour », pensa Louise avec une moue de dédain.

Elle ferma les yeux et, l'espace d'un instant, elle imagina le grand lit occupé. Elle crut même voir Alex Fabian s'y étirer voluptueusement.

L'image était tellement nette qu'elle en eut le souffle coupé.

Pourquoi était-ce Alex qu'elle imaginait dans ce lit, et pas David ? David qui, en ce moment, devait être avec Ellie dans une chambre du même genre…

Elle posa son front contre le rebord du lavabo. Et quand elle releva la tête, elle reconnut à peine son reflet.

Elle s'aspergea le visage d'eau fraîche. Puis elle sortit de son sac à main une minuscule trousse de maquillage et tenta de se donner meilleure mine.

Lorsqu'elle vit le résultat de ses efforts, elle soupira. Le rouge à lèvres ne changeait pas grand-chose. Ses yeux avaient perdu leur éclat et elle ne paraissait plus que l'ombre d'elle-même.

« S'il croit que sa grand-mère va être dupe ! pensa-t-elle. Personne ne sera dupe. Comment un homme comme Alex Fabian pourrait-il choisir une fille aussi insignifiante que moi ? »

En revanche, nul ne se serait jamais posé de questions en voyant la blonde, la ravissante Ellie au bras d'Alex. Sa demi-sœur, *elle*, aurait adoré dépenser des fortunes chez les grands couturiers, les joailliers ou les fourreurs.

Peut-être Alex même serait-il tombé amoureux d'elle, à la longue ?

« Pas de danger que ça m'arrive à moi. »

Elle donna un coup de peigne à ses cheveux rebelles avant de descendre rejoindre celui qu'elle n'arriverait jamais à appeler « mon fiancé » et encore moins « mon mari ».

Il y avait beaucoup de monde dans le bar qui précédait la salle du restaurant. Mais elle aperçut tout de suite Alex assis à une table près de la fenêtre. Et elle remarqua aussi qu'il était le centre d'attention de nombreux regards féminins…

Dès qu'il la vit, il fit signe à un serveur qui apporta immédiatement une bouteille de champagne et deux flûtes.

Louise attendit le départ du serveur pour s'exclamer avec colère :

— Du champagne ! Vous êtes tombé sur la tête ?

— Il faut bien célébrer nos fiançailles.

Il leva sa coupe.

— A nous !

— Je vous en prie.

Il leva de nouveau sa coupe.

— Vous préférez que je dise : « à nos deux amis absents ? »

— Non, merci.

— Buvez. Les gens nous regardent et se demandent pourquoi vous faites la tête.

— Ils se demandent plutôt ce que vous trouvez à quelqu'un d'aussi insignifiant que moi.

Elle prit une profonde inspiration avant d'ajouter d'un trait :

— Ça ne pourra pas marcher, nous ne réussirons à tromper personne. Il ne faudra pas plus de trente secondes à votre grand-mère pour deviner que notre couple n'en est pas un.

— Pas question de revenir sur ce qui a été décidé, Louise. Maintenant, prenez votre verre et souriez.

Comme hypnotisée, elle obéit. Il lui sourit en retour avant de lui prendre la main et de déposer un baiser léger au creux de sa paume.

Elle eut l'impression de recevoir un choc électrique. Avec brusquerie, elle voulut se dégager, mais il la maintenait solidement.

— Arrêtez cette comédie, dit-elle entre ses dents serrées.

— Nous la jouerons chaque fois que nous aurons des spectateurs.

Moqueur, il ajouta :

— N'oubliez pas que nous sommes le couple du siècle !

— Vous êtes odieux, déclara-t-elle.

— Vous qui faites du théâtre amateur, vous ne devriez pas avoir de mal à jouer le rôle de la fiancée aimante. En privé, vous vous comporterez comme vous voudrez. Mais en public, je compte sur votre collaboration. N'oubliez pas de me sourire, et si par hasard je vous embrasse, ne reculez pas. N'oubliez pas que vous allez être très bien payée pour ce contrat, à condition que vous en respectiez les clauses.

D'un ton dur, il poursuivit :

— Et si vous trouvez déplaisant d'avoir tout contact physique avec moi, tant pis pour vous. C'est votre problème.

Elle but une gorgée de champagne en s'efforçant d'ignorer qu'il la tenait toujours par la main.

— Sommes-nous vraiment obligés de nous donner ainsi en spectacle ? soupira-t-elle.

— Oui. De jeunes mariés ont toujours des petits gestes tendres l'un pour l'autre.

— Je n'y arriverai pas.

— Si ça vous semble difficile, mon amour, pensez à tout l'argent que vous allez gagner, dit-il avec cynisme. C'est une consolation, non ?

— La vraie consolation, c'est de savoir qu'un jour, je vais pouvoir vous envoyer au diable.

— J'ai l'impression que ma vie d'homme marié ne sera pas aussi ennuyeuse que je le craignais, déclara Alex avec une évidente satisfaction.

4.

Persuadée qu'elle serait incapable d'avaler une bouchée, Louise avait laissé Alex choisir à sa place. Et à sa grande surprise, elle fit honneur au délicieux saumon sauvage grillé qu'il avait commandé, accompagné d'une salade de cresson.

L'épreuve du déjeuner avait été beaucoup moins pénible qu'elle ne l'imaginait. Dans d'autres circonstances, elle aurait même trouvé la compagnie d'Alex Fabian très agréable. Il avait parlé à bâtons rompus de cuisine, de cinéma, de livres… tout en réussissant à lui poser quelques questions discrètes pour connaître ses goûts.

Ils ne seraient jamais amants. Ni amis. Mais au moins, ils pourraient à peu près s'entendre. Elle n'aurait jamais espéré pouvoir en demander autant !

— Vous êtes bien silencieuse, dit-il au moment du café. Est-ce mauvais signe ?

— Non, je réfléchissais.

Elle le fixa droit dans les yeux.

— J'ai accepté les termes de votre proposition, mais je tiens à ce que nous ayons une sorte de contrat par écrit.

— Naturellement. Voulez-vous que l'avocat de votre père se charge des clauses financières, ou bien préférez-vous vous occuper de cela vous-même ?

— Je ne parlais pas d'argent, mais de l'autre aspect de notre arrangement.

Soudain mal à l'aise, elle balbutia :

— Ce… ce mariage blanc…

— Vous ne me faites pas confiance ? demanda-t-il avec un rire moqueur.

— Il ne s'agit pas de cela. Je pense que certaines limites devraient être fixées de manière que nous sachions, vous et moi, à quoi nous en tenir.

— Je n'ai pas l'intention de vous séduire, Louise. Je croyais avoir été clair.

— Oui, mais…

— Mais vous voulez des principes. Dites-moi, ma toute charmante, est-ce de moi que vous avez peur ? Ou bien de vous ?

— Je vous en prie !

— Quand même ! Ce point mérite d'être approfondi. Tout à l'heure, quand je vous tenais la main, votre pouls battait très vite. Au moins 150 pulsations à la minute. J'ai trouvé cela… intéressant.

Louise reposa sa tasse brusquement.

— Le stress, vous connaissez ? Je viens de vivre le jour le plus pénible de toute mon existence, et… et…

— Vous pouvez voir les choses différemment. Vous dire, par exemple, que vous venez d'ouvrir un nouveau chapitre de votre vie. Vous prétendez être stressée ? Mais il y a une chambre disponible dans cet hôtel pour vous reposer. Et je connais une méthode pour…

— Comment osez-vous me faire une pareille proposition ?

— Un massage du dos me paraît la proposition la plus honnête qui soit. Vous n'auriez même pas besoin d'ôter vos vêtements — à moins que vous n'insistiez, bien sûr.

Elle serra les dents.

— Ne me parlez plus jamais ainsi. Plus jamais, vous entendez ? Sinon vous n'aurez plus qu'à chercher une autre épouse. Et tant pis pour Trentham & Osborne.

Alex hocha la tête.

— Article 7 du contrat : *Le soussigné ne doit sous aucun prétexte taquiner la soussignée. Surtout s'il s'agit d'un sujet se rapportant de près ou de loin au sexe.*

— Vous trouvez ça drôle ?

— Non, je trouve que c'est plutôt triste. Mais il faudra bien que je m'en accommode. Vous savez, vous n'êtes pas la seule femme au monde dépourvue du sens de l'humour.

Louise ne protesta pas. Même si c'était la première fois que l'on doutait de son sens de l'humour !

Cinq minutes plus tard, ils se levaient de table. Au moment où ils allaient quitter le restaurant, une superbe rousse se précipita vers eux.

— Alex !

Elle l'embrassa sur la joue, du bout de ses lèvres écarlates. Vêtue d'une courte robe noire et d'une veste très épaulée, elle avait une allure folle.

— Je suis si contente de te voir ! poursuivit-elle.

— Lucinda, quelle surprise de te trouver ici, dit Alex d'un ton froid.

— Tu sais bien que cet endroit est l'un de mes préférés.

Elle battit des cils avant d'ajouter à mi-voix :

— Je suis venue faire un petit pèlerinage.

— Toute seule ?

— Sûrement pas. Peter est en train de garer la voiture. Nous allons déjeuner avant de rendre visite à sa vieille tante. Elle est complètement gâteuse, mais riche comme Crésus.

Elle parut enfin s'apercevoir de l'existence de Louise. Cette dernière se sentit jugée en un clin d'œil.

— Tu ne me présentes pas à ton amie ? demanda-t-elle avec condescendance.

— Ma fiancée, corrigea Alex. Louise, voici Lucinda Crosby. Lucinda, permets-moi de te présenter celle qui a accepté de devenir ma femme : Louise Trentham.

Lucinda plissa les yeux.

— Toutes mes félicitations ! s'exclama-t-elle avec un petit rire. Vous allez être sûrement très heureux ensemble.

— Certainement, assura Alex en prenant Louise par la taille dans un geste possessif.

La première réaction de la jeune femme fut de résister. Mais son intuition lui disait qu'il fallait donner le change à cette Lucinda Crosby. Elle resta donc contre Alex, se sentant peu à peu pénétrée par la chaleur de son corps. Jamais elle n'avait été aussi proche de lui. Et c'était… enivrant.

« Ce n'est pas possible, se dit-elle, paniquée. Je ne peux pas me laisser troubler à ce point par cet homme ! »

Hélas, c'était pourtant le cas ! La voix de Lucinda lui parvint comme au travers d'un brouillard.

— Vous n'allez pas partir maintenant. Attendez que Peter arrive et nous prendrons un verre tous ensemble.

Moqueuse, elle ajouta :

— Il faut bien célébrer le grand événement !

— C'est très gentil, répondit Alex. Une autre fois, volontiers. Pour le moment, nous sommes pressés.

— Dommage…

Lucinda adressa un grand sourire à Alex.

— Pendant le déjeuner, je vais pouvoir parler à Peter de ta charmante fiancée.

Maintenant, c'était à Louise qu'elle souriait.

— Au revoir… Laura ?

— Non, Louise, répondit la jeune femme d'un ton sec.

— Nous allons sûrement devenir de grandes amies. N'oubliez pas de m'inviter au mariage.

« Comptez-y ! » songea Louise *in petto*.

Ce fut en silence qu'ils regagnèrent la voiture. Louise s'en voulait encore d'avoir été aussi troublée par son compagnon.

« Il faut dire qu'il est très sexy… et je suis une femme. Une pauvre femme complètement bouleversée par cette succession d'événements invraisemblables. Si j'étais dans mon état normal, je suis sûre que cela ne m'aurait absolument rien fait qu'il me prenne par la taille. »

Une fois dans la voiture, elle demanda :

— Peter Crosby… n'est-ce pas un homme politique ?

— Si.

Louise comprenait enfin. Et, sans véritable raison, elle se sentit soudain très triste.

— Ce n'est pas parce que je vis à la campagne que je suis idiote.

— Inutile de vous intéresser à ce qui ne vous concerne pas.

— Vous continuerez à mener votre vie comme vous l'entendez. On pourra le préciser dans le contrat.

— Ce ne sera pas la peine. Cet épisode de mon existence fait partie du passé.

« Cette Lucinda ne semble pas être du même avis. » songea-t-elle.

A voix haute, elle demanda :

— Lucinda Crosby tenait à me faire comprendre qu'elle et vous…

— Possible. Je n'ai jamais réussi à comprendre comment sa tête fonctionnait.

— Mais ce n'était pas pour sa tête que vous vous intéressiez à elle.

65

— Aïe ! s'exclama-t-il avec amusement. Petit rat des champs, vous avez de sacrées griffes !

« Et je crois que j'en aurai besoin. » se dit Louise.

Dans la voiture qui l'emmenait à Londres, Louise s'efforçait de ne pas penser. Pas plus au passé qu'au présent — et encore moins à l'avenir.

Elle était dans un tel état d'épuisement qu'elle s'endormit à moitié. Ce fut la voix d'Alex qui la ramena à l'instant présent.

— Nous arrivons.

— Où allez-vous me déposer ? Dans un hôtel quelconque, je suppose ?

— Je vous emmène chez moi. Nous avons beaucoup de choses à mettre au point en un minimum de temps. Ce sera plus facile si je vous ai sous la main.

Encore engourdie, elle balbutia :

— Je… je ne m'attendais pas à m'installer chez vous avant… avant le mariage.

— Je ne vous demande pas de partager mon lit ! s'exclama-t-il, mi-exaspéré, mi-amusé. Il y a deux chambres. Et les portes ferment à clé !

Plus doucement, il reprit :

— Les fiancés vivent ensemble. C'est devenu la norme et tout le monde trouverait bizarre que nous ne la respections pas.

— Avez-vous emmené Ellie chez vous ?

— Je n'en ai pas eu le temps. A peine avait-elle accepté de m'épouser qu'elle disparaissait. Mais j'avais l'intention de lui montrer cet appartement. Puisqu'elle allait devoir y vivre, autant qu'il lui plaise !

— Et s'il ne me plaisait pas à moi ?

— Vous en chercherez un autre à votre goût et nous irons nous y installer.

66

Louise avait peine à en croire ses oreilles.

— Vous seriez prêt à abandonner votre domicile pour une personne qui ne fera qu'un bref passage dans votre vie ?

— Premièrement, je ne tiens pas spécialement à cet appartement. Un seul endroit compte pour moi : Rosshampton. Deuxièmement, comme vous me rendez un immense service, le moins que je puisse faire est de m'arranger pour que vous soyez à peu près heureuse. Le décor compte beaucoup pour certaines femmes.

— Eh bien... je suppose que je dois vous remercier. Bon ! A part ses deux chambres avec des portes qui ferment à clé, comment se présente votre appartement ?

— Il comporte deux salles de bains, une salle à manger et un living donnant sur une terrasse sans vis-à-vis. Si ça vous chante, vous pourrez y prendre des bains de soleil toute nue.

— Je n'y tiens pas.

— C'est une grande terrasse très agréable, vous savez. Un vrai jardin suspendu.

— Vous vous occupez vous-même de vos plantes ?

— Les pauvres, elles ne dureraient pas longtemps si c'était le cas !

— Vous n'avez pas évoqué la cuisine. Y en a-t-il une chez vous ?

— Une cuisine, dites-vous ? Attendez...

Il fit mine de réfléchir.

— Il me semble bien en avoir vu une en passant.

Malgré elle, Louise faillit éclater de rire.

— Vous ne devez pas l'utiliser souvent.

— Il m'arrive d'y faire bouillir de l'eau. Je crois que le micro-ondes fonctionne aussi. Et — le principal —, il y a un très bon tire-bouchon.

— Que peut-on demander de plus ?

67

— Si vous croyez que je passe mes moments de loisirs à confectionner des soufflés ou des omelettes norvégiennes !

Louise préférait ne pas penser à la manière dont Alex Fabian occupait ses moments de loisir.

— Avez-vous une employée de maison ?

— Attitrée ? Non. L'appartement est situé dans un immeuble qui fonctionne un peu comme un hôtel. Une femme de chambre passe tous les jours. Elle fait le ménage, emporte le linge à laver, les vêtements à nettoyer. Tout cela revient dans les vingt-quatre heures.

— Pas mal...

— Il y a aussi une salle de gym, un sauna et une piscine au sous-sol. Plus un parking, bien sûr. Et un restaurant au rez-de-chaussée qui peut livrer tous les plats qu'on veut. Ça vous convient ?

— Ça ne semble pas trop mal.

Il fit la grimace.

— Quel enthousiasme !

A vrai dire, Louise était sûre qu'elle détesterait cet appartement au premier regard. Mais ce ne fut pas le cas. Cet immense living meublé de manière ultramoderne était spectaculaire. Tout comme la vue sur tout Londres que l'on avait depuis les baies vitrées. Quant à la terrasse... ce jardin en pleine ville, quel rêve !

Mais Alex ne s'était pas donné la peine d'ajouter la moindre touche personnelle à l'ensemble. Soit, il y avait des fleurs ! La jeune femme aurait cependant juré que le bouquet du hall, tout comme celui de la salle de séjour, étaient l'œuvre de spécialistes. Dès qu'un pétale tombait, ceux-ci devaient s'empresser de renouveler le tout.

— Alors, qu'en pensez-vous ? interrogea Alex.

— Vous ne devez pas passer beaucoup de temps ici.

— Cela devrait vous arranger, non ? Venez voir les chambres. Vous choisirez celle qui vous plaira. J'ai pris la plus grande, mais si vous voulez échanger, pas de problème.

Il n'était pas question qu'elle dorme dans le lit qu'il avait occupé ! songea Louise.

— Je ne vais pas vous obliger à déménager. J'irai m'installer dans celle qui est disponible.

— Venez la voir.

C'était une vaste pièce très impersonnelle. Une luxueuse chambre d'hôtel, avec une moquette bleu marine et des doubles rideaux en velours crème assortis au dessus de lit.

Alex indiqua une porte.

— Votre salle de bains.

— Très bien.

— Ça vous convient, oui ou non ? demanda-t-il avec impatience. Si ça ne vous plaît pas, vous pouvez tout changer. La moquette, les meubles… tout.

— Inutile. Je suis de passage, faut-il vous le rappeler ?

— Ça ne vous empêche pas de vous installer confortablement.

— Je serai très bien ici, ne vous inquiétez pas. Et vous ? Où dormez-vous ?

— Ma chambre se trouve de l'autre côté du couloir.

D'un ton sarcastique, il demanda :

— La distance entre votre lit et le mien vous semble-t-elle suffisante ?

Elle n'avait rien dit, mais il avait deviné ses réticences.

— Voulez-vous que je fasse construire une barrière ?

La jeune femme se sentit rougir.

— Essayez de comprendre. Ce n'est pas facile pour moi.

— Vous croyez que ça l'est pour moi ?

Avec un visible agacement, il lança :

69

— J'étais loin de penser que j'allais partager la vie d'une vieille fille. Si votre fiancé est parti avec une autre, il n'y a pas de quoi s'étonner.

Louise leva la main, prête à le gifler. Devançant son geste, il lui saisit le poignet.

— On ne bat pas son futur mari.

— Ne dites plus jamais de choses pareilles. J'aimais David, je rêvais de lui appartenir.

— Et alors ?

— Ce n'est pas facile de vivre librement dans un village où tout le monde épie tout le monde. Et puis il y avait sa mère…

— Des prétextes, tout cela. Pas de bonnes raisons. Vous n'étiez pas obligés de rester au village. Vous auriez pu aller passer un week-end dans l'hôtel où nous avons déjeuné. Vous croyez qu'il y a beaucoup de couples mariés dans un endroit de ce genre ?

Louise était choquée.

— Vous pensez que j'aurais accepté quelque chose d'aussi sordide ?

— Pourquoi sordide ? Quelle idée ! Ç'aurait pu être passionné, tendre, merveilleux…

— Vous parlez d'expérience, bien sûr, dit-elle d'un ton acide. Mais moi, je parle d'amour. Le vrai amour, celui qui dure toute la vie. Rien de commun avec une brève aventure, croyez-moi !

— L'amour…

— Ne prononcez pas ce mot-là, s'il vous plaît. Vous ignorez sa signification.

— Peut-être. Cela ne m'empêche pas de vous dire quelques vérités au sujet de ce prétendu bel amour qui vous unissait, David Sanders et vous. Je parie que vous aviez déjà planifié toute votre existence. Une fois la bague au doigt, vous étiez lancée sur des rails jusqu'à votre dernier souffle. Quelle erreur ! Sachez, ma chère, qu'il n'y a pas de sécurité dans l'amour. L'amour, c'est au contraire l'incertitude, le risque quotidien. Votre cœur…

— Laissez mon cœur tranquille ! Comment osez-vous me parler ainsi, alors que vous ne savez rien de moi ?

— Nous aurons tout le temps de faire connaissance pendant le temps que durera notre bref mariage.

Déjà, il était à la porte.

— Je vous laisse vous installer.

— Et si je refusais de rester avec un être aussi odieux ?

Il soupira.

— Vous n'avez pas le choix, Louise. Où iriez-vous ? Restez donc avec moi sans faire d'histoires, et la maison d'édition de votre père sera sauvée. Voulez-vous condamner au chômage tout le personnel de Trentham & Osborne ?

— De nouveau du chantage, dit-elle entre ses dents.

— Pas du tout. Vous êtes entièrement libre.

Il consulta sa montre.

— Je sors. Cela vous permettra de réfléchir tranquillement. Si vous n'êtes pas là à mon retour, tant pis. Si vous êtes encore là, cela signifiera que le marché que nous avons conclu tient toujours. Mais à ce moment-là, plus de discussions, s'il vous plaît ! A quoi bon ? Il s'agit d'un simple arrangement d'affaires, inutile d'en faire tout un monde.

Quelques instants plus tard, la porte d'entrée claqua.

Louise s'assit au bout du lit et pressa ses tempes douloureuses.

Comment un homme qu'elle connaissait depuis la veille avait-il pu lui dire des choses aussi blessantes ?

En même temps, elle ne pouvait s'empêcher de penser qu'au fond, il avait peut-être raison. Car si David et elle s'étaient aimés passionnément, rien ne les aurait arrêtés.

Et maintenant, qu'allait-elle faire ?

Si elle s'était écoutée, elle aurait pris son sac et serait partie.

Mais pouvait-elle laisser Trentham & Osborne aller droit à la catastrophe ? Par ailleurs, même si elle n'aimait guère Marian, elle savait que celle-ci rendait son père heureux. Voulait-elle les réduire à la misère ?

Comme l'avait bien précisé Alex, il s'agissait d'un simple arrangement d'affaires. Une fois qu'il aurait mis la main sur la maison de son enfance, ils divorceraient et elle retrouverait sa liberté.

Il lui avait même promis de lui donner une certaine somme d'argent en échange de ce « travail ». Cela lui permettrait d'aller visiter les endroits qu'elle pensait ne jamais pouvoir admirer un jour, car David détestait l'idée de se rendre à l'étranger. Une fois libre, elle irait voir les villes d'art italiennes, Machu Picchu, les temples du Cambodge, ceux des Indes ou de Thaïlande…

5.

Alex revint trois heures plus tard. Louise l'attendait, assise au coin du canapé avec un livre dont elle n'avait pas encore réussi à lire la première page.

— Vous êtes toujours là, murmura-t-il. Merci.

Il avait l'air très las. Et lorsqu'il était passé devant la jeune femme, elle avait senti un faible effluve de whisky.

— Où êtes-vous allé ? demanda-t-elle.

— Nous ne sommes pas encore mariés et vous en êtes déjà à me poser des questions pareilles ? Vous n'avez pas perdu de temps pour vous couler dans votre rôle. Eh bien, vous voulez savoir ce que j'ai fait ? J'ai marché jusqu'à la banque et je me suis mis à étudier un important dossier.

— Un samedi soir ?

Il haussa les épaules.

— Pourquoi pas ? Vous savez, il m'arrive de passer mes week-ends au bureau.

— Vous êtes un bourreau de travail.

— Il paraît. Ah, j'allais oublier ! J'ai téléphoné à votre père pour lui dire que nos arrangements n'étaient pas modifiés.

— Comment avez-vous pu deviner que je serais toujours ici à votre retour ?

— J'ignorais tout de vos intentions. Mais je me suis dit que si vous restiez, autant que ce soit librement plutôt que sous la

73

menace. Par conséquent, si vous voulez partir maintenant, je ne vous retiendrai pas.

Etonnée de ce soudain accès d'humanité, Louise ne sut que répondre.

— Je… je vous remercie, déclara-t-elle enfin. Mais j'ai décidé de remplir ma part de ce contrat. Avez-vous dit à mon père où je me trouvais ?

— Oui.

— Quelle a été sa réaction ?

Alex pinça les lèvres.

— Il a paru trouver ça normal.

— Il devait être tellement soulagé d'apprendre que sa société était tirée d'affaire que le reste devait lui passer au-dessus de la tête.

— C'est une manière charitable de voir les choses, dit Alex avec un rire dur. Mais je me demande comment il se débrouillera la prochaine fois, quand il n'aura plus de fille à sacrifier.

Louise baissa la tête avant de demander d'une voix presque inaudible :

— A-t-il eu des nouvelles d'Ellie ?

— Non. En revanche, il paraît que Mme Sanders ne cesse de les harceler. Elle n'arrête pas de téléphoner à Virginia Cottage. Et ce sont des larmes sans fin, des crises de nerfs… Résultat : votre belle-mère s'est mise au lit avec une migraine.

— Pauvre Marian ! s'exclama Louise en pouffant. Je la plains : Mme Sanders est impossible.

— Vos parents aussi. Je n'ai jamais vu des gens aussi égoïstes.

Sans laisser à la jeune femme le temps de protester, il poursuivit :

— Expliquez-moi ce qui vous a décidée à rester.

— Je n'ai plus de travail ni de maison, vous l'avez dit vous-même. Par ailleurs, j'ai besoin d'argent pour recommencer ma vie. Votre offre est tombée juste à point.

Il croisa les bras derrière sa tête.

— Recommencer votre vie…, répéta-t-il, songeur. Comment envisagez-vous cela ?

— Tout d'abord, je ferai le tour du monde. Puis je chercherai un emploi intéressant.

Elle soupira.

— Mais je n'en suis pas là ! Avant cela, il va falloir que je joue la comédie pendant je ne sais combien de temps.

— Le tour du monde, notre contrat… C'est bien joli. Mais vous pourriez aussi tomber amoureuse et avoir envie de vous marier.

— Oh, non ! J'ai déjà donné, merci.

— Vous semblez très sûre de vous.

— Pendant votre absence, j'ai eu le temps de réfléchir. J'en suis venue à la conclusion que ma relation avec David manquait vraiment de vigueur. Nous étions tous les deux nés dans le même village, nous nous connaissions depuis toujours… J'aurais dû comprendre, quand David trouvait mille excuses pour ne pas fixer de dates — pas plus celle des fiançailles que celle du mariage.

Elle eut un sourire amer.

— Il prétendait que c'était à cause de sa mère. Mais je parie qu'il n'a pas pensé une seule fois à elle depuis qu'il est parti.

— Louise, ne vous torturez pas.

— J'essaie d'être réaliste. Au fond, il vaut mieux que les choses se soient passées comme ça. Imaginez un peu qu'il se soit enfui avec Ellie alors que nous étions déjà fiancés. Ou même mariés !

— Rien ne dure toujours. Pas plus le mariage que le reste, remarqua-t-il avec cynisme.

— Le mien aurait duré.

— Au lieu de penser au passé, concentrez-vous sur le présent. Il y a de quoi faire !

— Sommes-nous vraiment obligés d'en passer par les formalités officielles ? Nous pourrions tout simplement prétendre que nous sommes mariés. Personne ne nous demandera de certificat. Et ce sera plus simple, à la fin, que de se lancer dans les formalités d'un divorce.

— On voit que vous ne connaissez pas ma grand-mère ! Elle s'apercevrait tout de suite de la supercherie.

— Quand la verrai-je ? demanda Louise avec anxiété.

— Pas avant le jour de son anniversaire. Cela devrait vous laisser le temps de vous adapter à votre nouveau statut.

La voyant frissonner, il changea de sujet de conversation.

— Avez-vous fait le tour de l'appartement ?

— Oui.

« En évitant soigneusement d'entrer dans votre chambre ! » faillit-elle ajouter.

Elle s'efforça de sourire.

— On voit que vous n'utilisez guère la cuisine. Il n'y a rien dans les placards, le frigo est vide…

— Et vous avez faim ? termina-t-il à sa place. Voulez-vous que je commande quelque chose au restaurant ?

— Non, merci. Mais verriez-vous un inconvénient quelconque à ce que je fasse des provisions ?

— Vous essayez déjà de m'amadouer avec de bons petits plats ?

— Je souhaite seulement acheter quelques produits de base. Ne vous inquiétez pas, je ne prévois pas de dîners pour deux.

— Puisque cette demeure va devenir la vôtre pendant un temps indéterminé, faites comme chez vous.

— Merci.

— Arrangez-vous seulement pour qu'il y ait toujours du café pour moi. Je n'ai besoin de rien d'autre.

Il lui adressa un sourire moqueur.

— Pour vous, ce sera de la tisane, je suppose ?

Au lieu de se froisser, elle rétorqua :

— Il m'arrive de prendre du chocolat chaud. Et maintenant, comme il est déjà tard, je vais essayer de dormir un peu.

S'efforçant de sourire, elle ajouta :

— Quelle journée !

— Et ce n'est qu'un début ! Avez-vous tout ce qu'il vous faut ? S'il vous manque quelque chose, n'hésitez pas à me le demander.

Ce qui lui manquait ? Une clé sur la serrure de sa chambre. Mais elle n'osa pas mentionner ce détail. Cela pouvait attendre le lendemain.

— Bonne nuit, dit-elle.

— Dormez bien, faites de beaux rêves.

Après avoir pris un bain interminable, Louise se sentit un peu mieux. Elle s'enduisit généreusement de la coûteuse crème hydratante qu'elle trouva sur l'un des rayonnages de la salle de bains. Puis elle enfila la seule chemise de nuit qu'elle avait fourrée dans son sac avant de quitter Virginia Cottage.

Elle fit la grimace en contemplant son reflet. Ce vêtement en soie blanche, presque transparent et beaucoup trop décolleté prenait peu de place dans les bagages. Mais ce n'était pas exactement le genre de tenue qu'elle portait d'habitude.

« Un vieux T-shirt ou un pyjama en flanelle auraient été beaucoup plus indiqués », pensa-t-elle.

Mais comment aurait-elle pu deviner qu'elle allait se retrouver dans l'appartement d'Alex Fabian ?

Elle en était là de ses réflexions quand on frappa à sa porte.

— Qui... qui est là ? demanda-t-elle d'une voix étranglée.

— Moi, évidemment. Je peux entrer ?

— Je suis au lit.

— Justement.

Quand la porte s'ouvrit, Louise se recroquevilla sur elle-même. Alex fit son entrée avec un plateau sur lequel était posé une tasse fumante et une assiette de biscuits.

— Vous m'avez dit que vous aimiez le chocolat ? J'en ai commandé pour vous. Voilà.

— Euh... c'est très gentil.

Après avoir placé le plateau sur la table de nuit, il s'assit au bord du lit.

— Le matelas a l'air confortable. Je n'ai pas encore dormi ici.

Louise remonta le drap jusqu'à son menton.

— Et je n'ai pas l'intention d'essayer, reprit-il en riant. A moins que vous n'insistiez. Voilà ! Vous êtes rassurée ?

— Je n'ai jamais été inquiète, prétendit-elle. Vous ne seriez pas assez idiot pour mettre notre accord en péril.

— Oh, non ! s'exclama-t-il d'un air vertueux. Je veux seulement le sceller.

Là-dessus, il se pencha et l'embrassa rapidement sur les lèvres.

— Marché conclu ! triompha-t-il en se redressant.

La jeune femme avait déjà retrouvé son esprit d'à-propos.

— Vous tâtiez le terrain, monsieur Fabian ?

— Hé oui, mademoiselle Trentham. Et comme je m'y attendais, je l'ai trouvé glacé.

— Si cela pouvait m'éviter d'autres avances de votre part, j'en serais heureuse. Maintenant, puis-je avoir un peu de tranquillité, s'il vous plaît ?

L'expression d'Alex changea brusquement, et elle se rendit compte que l'une des étroites bretelles de sa chemise de nuit avait glissé sur son épaule, dégageant presque entièrement un petit sein haut et ferme.

— Tsst, tsst, fit Alex d'un ton réprobateur, tout en remettant la bretelle en place. Attention, chérie, je pourrais penser que c'est *vous* qui me faites des avances.

Là-dessus, il se dirigea vers la porte en sifflotant.

— N'oubliez pas votre chocolat, lança-t-il avant de disparaître.

Elle crispa les poings. Le chocolat ? Elle le lui aurait volontiers jeté à la figure. Et il le savait, elle l'aurait juré !

Sans réfléchir, elle posa la main sur son épaule, à l'endroit exact où les doigts d'Alex l'avaient frôlée. Son cœur battait la chamade.

Il fallait qu'elle se méfie. Cet homme était un véritable prédateur ! Un signe de faiblesse de sa part et il en tirerait immédiatement avantage.

Faible ? Comme elle l'était ! Il suffisait qu'il la touche pour qu'elle perde la tête. Ce baiser, qu'elle avait reçu avec indifférence, du moins en apparence, l'avait en réalité profondément troublée.

Il fallait absolument qu'elle reste glaciale, qu'elle le maintienne à distance.

« Sinon, je suis perdue. »

Elle ne se faisait aucune illusion. Alex Fabian tenterait de la séduire. C'était un jeu pour un don Juan comme lui. D'ordinaire, les femmes devaient lui tomber dans les bras sans opposer beaucoup de résistance.

« Moi, je dis non. Cela doit ajouter du sel à l'expérience. Mon inexpérience, ma naïveté — et mes principes —, tout cela doit représenter un plus pour lui. »

En s'asseyant pour prendre la tasse de chocolat, elle aperçut, à côté de l'assiette de biscuits, une clé. Celle de sa chambre, forcément.

Mais elle était trop orgueilleuse pour l'utiliser. Elle n'avait pas besoin d'employer de tels moyens. Les dents serrées, elle se promit de garder Alex Fabian à distance par la seule force de sa volonté. Et elle y réussirait !

Louise avait dormi d'une traite, d'un profond sommeil sans rêves. Ce qui n'avait rien de surprenant après une journée aussi riche en événements que celle qu'elle venait de vivre.

Elle se réveilla beaucoup plus tard que d'habitude et s'empressa de se préparer avant qu'Alex n'ait l'idée de venir tambouriner à sa porte.

Vêtue d'un pull et d'un jean qui mettait en valeur ses jambes interminables, elle arriva dans le séjour. Installé dans l'un des canapés, une tasse de café à la main, Alex parcourait les pages financières d'un des nombreux journaux du dimanche qui s'empilaient à côté de lui.

Ses cheveux étaient encore humides de la douche et il était seulement vêtu d'un peignoir en soie noire.

« Il ne porte sûrement rien d'autre en dessous ! » se dit Louise dont le pouls s'accéléra.

Une odeur poivrée d'after-shave monta à ses narines et son trouble augmenta.

Ah, cela commençait bien !

— Bonjour, dit-il sans même la regarder. Il y a du café dans la cuisine.

— Merci.

Un peu de caféine ne lui ferait pas de mal. Et pendant qu'elle se servirait, elle ne verrait pas ces jambes bronzées et musclées que découvrait cette robe de chambre trop courte.

Elle soupira. Si c'était l'habitude d'Alex de passer ainsi ses dimanches matin, elle ne pouvait tout de même pas l'en empêcher.

Lorsqu'elle le rejoignit, il raccrochait le téléphone.

— J'ai commandé des œufs brouillés et du saumon fumé. J'espère que cela vous convient.

— Parfait, merci.

Après un instant d'hésitation, elle poursuivit :

— Mais c'est un peu ridicule de se faire livrer le petit déjeuner alors que je peux aisément le préparer.

— Vous voulez faire la cuisine pour moi ?

Il secoua la tête d'un air désapprobateur.

— Vous voilà sur une mauvaise pente. La prochaine fois, vous proposerez de porter mes enfants.

— Pas de danger ! rétorqua-t-elle dans un haussement d'épaules.

— Tant mieux. Me voilà soulagé, dit-il avec ironie avant de reprendre sa lecture.

Il ne l'interrompit qu'à l'arrivée de leur petit déjeuner. Outre les œufs brouillés et le saumon fumé en tranches très fines, il y avait tout un choix de toasts, un pot de beurre, de la marmelade d'oranges, du café, du lait…

Louise découvrit qu'elle mourait de faim et fit honneur comme il convenait à cet appétissant *breakfast*.

— Où est le supermarché le plus proche ? demanda-t-elle après avoir avalé le dernier toast.

— Je n'en ai aucune idée. Mais mon chauffeur pourra sûrement vous renseigner. Si vous pouvez oublier vos instincts de femme au foyer pendant vingt-quatre heures, je l'enverrai acheter ce qu'il vous faut.

— Oh, ce n'est pas la peine ! Je peux très bien…

— Avez-vous l'intention de protester chaque fois que j'ouvrirai la bouche ?

La jeune femme se sentit rougir.

— Je n'ai pas l'habitude qu'on organise tout pour moi.

— Il va falloir vous y faire. J'essaie uniquement de vous simplifier la vie. Pourquoi voulez-vous prendre le métro ou un bus bondé quand rien ne vous y oblige ?

« Il avait raison », dut-elle reconnaître.

— Soit. Mais comment vais-je m'occuper ?

— Pensez au jour où vous verrez le Taj Mahal ou la Grande barrière de corail.

— En attendant, je fais quoi ? insista-t-elle. Je serre les dents ?

— Vous souriez. Ma femme doit être heureuse et souriante.

— Vous croyez que c'est facile ?

— Essayez de vous décontracter. Vous êtes tendue comme un arc. Est-ce ma présence qui vous met dans cet état ?

« Si vous étiez habillé d'une manière plus correcte, je me sentirais plus à l'aise », aurait-elle volontiers riposté.

Bien entendu, elle garda ses réflexions pour elle. Alex Fabian ne devait à aucun prix deviner qu'il la troublait.

— Me décontracter, je veux bien. Mais comment ?

Il l'étudia en silence.

— Il faudrait que vous arriviez à sourire, à me prendre par le bras, à me parler gentiment… sans avoir l'air de vous forcer. A Rosshampton, pendant la fête d'anniversaire, nous serons obligés de danser ensemble. J'espère que vous ne serez pas comme un bout de bois dans mes bras. Un petit baiser, de temps en temps, ne serait pas superflu. Bref, nous allons devoir nous comporter comme un couple dont l'entente est parfaite, aussi bien moralement que physiquement.

— Ça ne va pas être facile !

— Pour une actrice, cela ne devrait présenter aucun problème.

— Je ne suis pas une star ! Je n'ai jamais joué que dans un groupe d'amateurs.

— Il y a d'excellents amateurs.

— Vous pensez que votre grand-mère sera dupe ?

— Je n'en sais rien, mais j'espère pouvoir compter sur votre collaboration. Tout ce que vous aurez à faire, chérie, est de vous conduire comme une fille qui, depuis qu'elle a rencontré l'amour de sa vie, plane au septième ciel et ne paraît pas vouloir en descendre.

— Et vous ? Comment vous conduirez-vous ?

— Comme un homme qui n'en revient pas de sa chance car, à sa grande surprise, il a enfin trouvé la femme qui lui était destinée de toute éternité.

Il se leva, s'étira.

« Le Roi-Lion », pensa Louise en le voyant passer la main dans sa crinière fauve.

— Je vais m'habiller. Pendant ce temps-là, réfléchissez à ce que vous voulez faire aujourd'hui. Je suis à votre service, ma chère, termina-t-il en s'inclinant.

— Ne vous sentez pas obligé de vous occuper de moi.

— Il le faut bien. Et nous avons du pain sur la planche : il faut que vous appreniez à vous détendre… et surtout à vivre à mon contact.

D'un ton pompeux, il déclara :

— Le processus de familiarisation va commencer !

— Trop de familiarité ne risque pas de dégénérer en mépris, monsieur Fabian ?

— A partir de maintenant, plus de M. Fabian, dit-il d'un ton sec. Appelle-moi Alex, s'il *te* plaît. Tâche de t'en souvenir. Et prépare-toi à supporter ma compagnie pour la journée.

— Je n'ai pas le choix, je suppose.

— Tu commences enfin à devenir plus raisonnable. Je me suis arrangé pour avoir du temps pendant la semaine pour m'occuper de toi.

— Est-ce nécessaire ?

— Quel enthousiasme ! Tu sais, on a beaucoup de choses à mettre au point. Il va tout d'abord falloir te constituer une garde-robe, ce qui ne sera pas une mince affaire.

— Je peux parfaitement acheter moi-même quelques vêtements.

— On a déjà discuté à ce sujet. Andie Crane, mon assistante, t'emmènera dans les boutiques de Bond Street.

— Bond Street ? Ce sera la ruine ! C'est stupide de dépenser une fortune pour une simple mise en scène.

— Les costumes sont importants au théâtre. Tu devrais le savoir. Et Mme Fabian ne peut pas s'habiller n'importe comment. Demande à Andie de t'indiquer un bon coiffeur et une bonne manucure.

— Ma coiffure ne te convient pas ?

Au lieu de répondre à cette question, il déclara :

— J'adorerais voir tes cheveux répandus sur mon oreiller.

— Oh !

— Mais cela reste du domaine du rêve, hélas !

— Quant à mes ongles…

— Ils sont très bien, mais Mme Fabian doit être la plus raffinée des femmes.

Suffoquée de colère, Louise s'écria :

— Tu veux aussi que je me fasse refaire le nez ? Et qu'on me mette des implants mammaires ?

Sans hâte, il examina les seins de la jeune femme, fièrement dressés sous le pull.

— Ce serait bien inutile : je trouve ta poitrine parfaite.

Louise devint écarlate. Mais elle ne pouvait s'en prendre qu'à elle-même ! Elle avait bien cherché cette réplique.

— Je ne suis pas une indécrottable paysanne ! Je suis déjà venue à Londres ! J'y ai même vécu ! Je suis capable de m'acheter des vêtements moi-même, et tu n'auras pas honte.

— Si tu insistes, dit-il sans enthousiasme. Mais revenons-en à ma première question. Que voudrais-tu faire aujourd'hui ?

— Tu n'as pas besoin de me traîner partout. Je ne suis pas une touriste.

— Que dirais-tu d'une promenade dans le parc ? Puis d'un déjeuner au bord de la Tamise ? Mais si tu as d'autres idées…

Soudain accablée par la perspective de devoir passer toute la journée avec lui, elle soupira.

— Au fond, j'aimerais autant rester ici.

— A ta guise. Dans ce cas, je n'ai pas besoin de m'habiller.

A cette idée, Louise paniqua et changea aussitôt d'avis.

— Une promenade, puis un déjeuner au bord de la Tamise ? Ça me semble très bien.

Il éclata de rire.

— Si ça te convient, chérie, à moi aussi.

6.

La promenade dans le parc se révéla beaucoup plus agréable que Louise ne l'aurait pensé. Tout était calme, reposant et enfin, elle commençait à se détendre.

Quand Alex l'avait prise par la main, elle n'avait pas résisté.

« Les répétitions commencent », s'était-elle seulement dit avec résignation.

Les femmes suivaient Alex du regard. Et quoi de surprenant à cela ? Il était follement séduisant, qu'il soit vêtu d'un strict costume ou, comme en ce moment, d'une tenue décontractée : pantalon en toile beige et chemise sport.

« Elles doivent se demander comment une femme aussi insignifiante que moi a pu retenir l'attention d'un homme pareil », pensa Louise avec une certaine amertume.

Alex l'emmena ensuite dans un très agréable restaurant aménagé sur une péniche amarrée au bord de la Tamise. Ils discutèrent un peu de tout et de rien. Curieusement, ils n'avaient aucun mal à trouver des sujets de conversation.

Alex Fabian était *trop* séduisant, songeait la jeune femme. Et quand, malgré elle, son regard se posait sur sa bouche sensuelle, il lui semblait encore en sentir le goût.

— Tu as trop chaud ? demanda-t-il.

Brusquement ramenée à l'instant présent, elle tressaillit.

— Euh… non. Pourquoi ?

— Parce que tu as de bonnes couleurs.

Il l'observa d'un air calculateur avant de demander :

— A quoi pensais-tu ?

Comme elle n'allait certainement pas le lui avouer, elle prétendit :

— Je me disais que j'allais m'ennuyer si je n'avais rien à faire.

Il fronça les sourcils.

— Tu veux travailler ?

— C'est une idée.

— Il est absolument hors de question que ma femme travaille, déclara-t-il, catégorique.

— A quoi veux-tu que j'occupe mes journées ? Je n'ai pas d'amis à Londres. Je n'ai même pas le droit de faire la cuisine. Si je reste enfermée du matin au soir dans ton appartement, j'aurai vite un sentiment de claustrophobie aigu.

— Tu pourrais t'occuper d'œuvres de charité.

— Merci ! Je ne me vois pas rejoignant les hordes de dames bien pensantes de la haute bourgeoisie ou de l'aristocratie !

Après un instant de réflexion, elle déclara :

— Je pourrais peut-être trouver un poste chez Trentham & Osborne ?

— Il y a une place qui s'est libérée, tu sais, dit-il avec ironie. Mais je ne crois pas que tu pourrais l'occuper.

— Ce que faisait Ellie était donc compliqué à ce point ? Ça m'étonnerait. Elle n'est pas si intelligente et…

Elle s'interrompit brusquement, comprenant que cette réflexion pouvait être assimilée à une méchanceté gratuite. Ce qui n'était pas le cas. Tout le monde savait qu'Ellie n'était pas une lumière.

— Je ne parlais pas de tes capacités ou de celles de ta demi-sœur. Mais je te vois mal prenant sa place.

— Elle a bien pris la mienne.

— Justement, riposta-t-il en posant sa main sur la sienne.

La caresse de ses doigts contre les siens la mettait presque dans un état second. Il lui sourit et son trouble augmenta encore.

— Arrête !

— Pas tout de suite. Détends-toi. J'ai une bonne raison pour agir comme je le fais en ce moment. Je t'expliquerai… Mais pas maintenant.

— Tu as vu quelqu'un que tu connais ? Un ami ?

— Pas un ami, non.

Et il porta la main de la jeune femme à ses lèvres. Elle retint sa respiration, submergée par une véritable explosion de désir.

Grâce au ciel, l'arrivée du serveur constitua une diversion. Et Alex, visiblement à regret, lui lâcha la main.

— Un dessert ? proposa-t-il.

Elle s'apprêtait à refuser, mais il insista.

— Prends donc un sorbet à la pêche. Et pour moi, ce sera une mousse au chocolat, s'il vous plaît, dit-il au serveur.

Quelques minutes plus tard, quand on leur apporta leurs desserts, il lui tendit une cuillerée de mousse au chocolat.

— Tu me fais goûter à ton sorbet ? demanda-t-il ensuite.

— On se nourrit à la becquée, maintenant, grommela-t-elle. Si on m'avait dit ça avant-hier, j'aurais refusé de le croire.

— Les amants agissent souvent ainsi.

Après un café, il proposa de prendre un taxi pour rentrer. Elle protesta.

— J'aime autant marcher. Après toutes les calories que nous venons d'avaler, ça ne pourra pas nous faire de mal.

— Ne me dis pas que tu es au régime !

— Pas du tout. Mais par ce beau temps, je trouve agréable de marcher. Celui qui n'était… pas ton ami est-il parti ?

— Oui.

— Alors nous ne sommes plus obligés de jouer la comédie ? Qui était-ce ?

— Un journaliste d'un immonde journal à scandales.

Louise fronça les sourcils.

— Comment a-t-il su que tu étais là ?

— Un serveur a dû le renseigner. Je l'ai reconnu sans peine, car il y a déjà un certain temps qu'il traîne dans mon sillage.

— Ça doit être très désagréable.

— Une fois que je serai marié, je cesserai d'intéresser une certaine presse. Et je pousserai alors un grand soupir de soulagement !

Louise lui adressa un sourire froid.

— J'ai donc une certaine utilité ?

« Il se servait d'elle. Mais cela ne faisait-il pas partie de leur accord ? Il y avait cependant des limites, songeait-elle. Et ses propres réactions l'inquiétaient. Réussirait-elle à sortir de cette situation sans dommages ? Ou bien serait-elle une conquête supplémentaire au bas d'une liste interminable ? »

Ils flânaient tranquillement sur les quais. Soudain Alex s'immobilisa en jurant. Elle leva vers lui un regard interrogateur.

— Qu'y a-t-il ?

— Juste… ça.

Il l'enlaça et lui prit les lèvres. Elle aurait dû le repousser, résister… Au lieu de cela, les yeux clos, elle répondit à ce baiser dans un élan venu du plus profond d'elle-même.

En cet instant, ils étaient seuls au monde. Elle n'entendait plus le bruit de la circulation, elle ne voyait pas les passants se retourner sur eux en souriant. Elle ne sentait que la chaleur du corps d'Alex contre le sien, ses mains sur ses cheveux, sur sa taille. Et sa bouche à la fois tendre et insistante qui prenait possession de la sienne.

Ce baiser prit fin aussi vite qu'il avait commencé. Alex la repoussa gentiment mais fermement. Dans ses yeux verts, soudain plissés, elle lut une étrange expression. De la froideur ? De l'indifférence ?

Si elle était encore bouleversée par ce qui venait de se passer, pour Alex, il s'agissait d'un incident sans importance. Et déjà clos, apparemment.

— Il s'entêtait, dit-il avec une pointe d'ironie. Il a bien fallu lui en donner pour son argent.

— Je… je ne comprends pas. De qui parles-tu ?

— Du journaliste qui nous espionnait. Ed Godwin. Il nous a pourtant vus au restaurant. Mais ça ne lui a pas suffi.

Soudain glacée, Louise retint sa respiration. Ainsi, tout cela n'était que comédie ? Et elle s'y était laissé prendre. Elle s'était rendue complètement ridicule !

Au prix d'un effort surhumain, elle réussit à rassembler ses esprits.

— Heureusement que tu t'es rendu compte qu'il nous suivait.

— Nous ne sommes pas quittes pour autant. Il y en aura d'autres ! Une vraie meute de fouineurs va s'attacher à nos pas… jusqu'à ce que nous soyons mariés. A ce moment-là, nous perdrons tout intérêt à leurs yeux. Quand on ne parlera de moi que dans les pages financières, je t'assure que je pousserai un ouf de soulagement.

— Le jour de notre divorce, ils reviendront peut-être à l'assaut.

— Nous verrons à ce moment-là. Louise, je suis navré pour ce qui vient de se passer. Si j'en avais eu le temps, je t'aurais prévenue, mais ce n'était pas possible. Il fallait absolument lui donner le change. J'espère que tu n'as pas trouvé ce témoignage de ma prétendue passion trop déplacé ?

— Je ne vais tout de même pas me plaindre, rétorqua-t-elle avec froideur. Après tout, c'est pour ça que tu me paies.

Deux semaines plus tard, ils devinrent mari et femme au cours d'une cérémonie aussi brève que discrète. Si Louise n'avait porté une alliance à l'annulaire gauche, elle aurait pu penser que tout cela s'était passé dans un rêve.

Après l'incident des quais, elle avait décidé de prendre tout cela comme un jeu aux règles relativement strictes. Quand personne ne les observait, elle traitait Alex en étranger. C'était seulement devant témoins qu'elle jouait la comédie.

Quelques jours avant le mariage, il lui avait apporté, à sa grande surprise, le contrat promis.

— Pour te rassurer sur mes intentions, lui avait-il dit en lui tendant deux feuillets. Dis-moi si ça te convient.

Elle avait rapidement parcouru les pages.

— Tu n'as rien oublié.

En arrivant au dernier paragraphe, où était mentionnée la somme qu'elle recevrait une fois le divorce prononcé, ses yeux s'étaient agrandis.

— Oh là, là ! J'ai l'impression d'avoir gagné à la loterie !

Ils avaient très vite trouvé un modus vivendi qui leur convenait à peu près. Alex passait peu de temps chez lui et Louise ne s'en plaignait pas.

Elle s'était plus ou moins habituée à cet appartement impersonnel. Comme le temps se maintenait au beau, elle restait de longues heures au soleil sur la terrasse, en maillot.

Lorsqu'elle entendait le bruit de la clé dans la serrure, son cœur bondissait dans sa poitrine. Et elle se maudissait de sa faiblesse.

La date de l'anniversaire de lady Perrins approchait. Pour Louise, ce serait l'épreuve la plus difficile de toutes celles qu'elle avait déjà dû franchir.

Elle redoutait également le déjeuner qui devait avoir lieu au Savoy, tout de suite après la cérémonie, avec leurs témoins.

— On aurait pu se passer de cela, avait-elle dit à Alex.

— Je suis de ton avis. Ce n'est pas mon idée, mais celle de mon père.

Louise n'avait pas répondu. Elle avait eu l'occasion de rencontrer George Fabian au surlendemain de son arrivée à Londres. Alex avait en effet tenu à présenter à son père celle qui allait devenir sa femme.

George Fabian avait eu du mal à cacher sa surprise en voyant Louise. Cette dernière, qui n'était pas encore passée par les mains expertes des coiffeurs et des maquilleurs, portait selon son habitude un jean et un pull.

La bonne éducation du père d'Alex avait très vite pris le dessus et il avait traité sa future belle-fille avec la plus grande courtoisie. Mais Louise avait deviné sans peine qu'il connaissait les raisons de cette union mal assortie.

Alex avait insisté pour que Louise rencontre son assistante, Andie Crane, une blonde au sourire communicatif, très mince et très élégante. Les deux femmes avaient immédiatement sympathisé. Et sans trop protester, Louise avait fait avec celle qu'elle considérait déjà comme une amie le tour des meilleures boutiques de Londres. Andie avait eu assez de tact pour la laisser choisir elle-même son trousseau, se contentant de lui donner quelques indications.

Ensuite, un coiffeur réputé avait réussi à discipliner sa chevelure. Cette coupe à la fois simple et sophistiquée lui allait à merveille.

« C'est toujours moi-même, mais en mieux », s'était-elle dit quand elle avait vu le résultat.

Et maintenant, vêtue d'un ensemble en crêpe ivoire dont la coupe mettait sa longue silhouette en valeur, elle se rendait avec Alex au Savoy dans une limousine conduite par un chauffeur en uniforme.

Seuls George Fabian et Andie Crane seraient là. Le père de Louise avait décliné l'invitation : il se trouvait aux Etats-Unis.

Quant à Marian, elle avait tenu à rester à Virginia Cottage en attendant l'improbable retour de sa fille.

Lorsque Louise avait appris tout cela à Alex, il avait ricané.

— Ton père aurait donc mauvaise conscience ?

— Pourquoi ?

— Il me vend sa fille, en fin de compte. Il a honte et a trouvé une bonne excuse pour ne pas être là.

Elle avait immédiatement pris la défense de ce dernier.

— Pas du tout. Ce voyage était prévu de longue date.

La voiture s'arrêta devant le Savoy et le chauffeur s'empressa d'ouvrir les portières.

En crispant les doigts sur le ravissant bouquet de boutons de roses que lui avait offert Andie, Louise prit le bras que lui tendait Alex. Elle surprit quelques sourires bienveillants. Elle savait bien qu'elle avait l'air d'une mariée, même si elle ne portait pas la robe blanche à traîne ni le long voile en tulle dont elle avait tant rêvé.

« Quelle comédie ! pensa-t-elle. Quelle ridicule comédie ! »

George Fabian avait réservé une table et choisi le menu — ainsi que le champagne millésimé qui devait l'accompagner de l'entrée au dessert.

Etait-ce dû à l'effet du liquide pétillant ? Au soulagement d'avoir encore passé un obstacle ? Ou encore à la satisfaction de savoir que, maintenant, son apparence correspondait parfaitement avec le rôle qu'elle était censée jouer ? Quoi qu'il en soit, Louise se sentit très vite à l'aise.

A peine après avoir terminé son café, George Fabian se leva.

— Ne m'en veuillez pas, mais je dois vous quitter : j'ai un important rendez-vous d'affaires.

Andie s'excusa à son tour.

— J'ai du travail. Il faut que je retourne au bureau.

— Nous n'allons pas nous éterniser non plus, déclara Alex.

Ils sortirent tous les quatre. Dans le hall du palace, Andie dit gentiment à Louise :

— Quel dommage que vous ayez dû retarder la date de votre voyage de noces. Mais Alex a tant à faire en ce moment ! Il ne peut pas se permettre de partir en vacances.

— C'est sans importance, répondit sincèrement Louise.

Andie parut surprise.

— Je trouve que c'est dommage, tout de même. Remarquez, ce n'est que partie remise.

Elle embrassa Louise.

— Passez une bonne journée, chuchota-t-elle.

George Fabian lui adressa un bref signe de tête.

— A bientôt.

Quelques secondes plus tard, leurs témoins avaient disparu.

« Enfin seuls ! » pensa Louise avec cynisme.

Alex consulta sa montre.

— On m'attend dans la City. As-tu des projets pour le reste de l'après-midi ? Où aimerais-tu que je te dépose ?

— Je vais retourner à… à la maison.

Elle avait toujours du mal à prononcer ces trois mots. Après s'être éclairci la voix, elle enchaîna :

— Tu as un rendez-vous ? Andie ne semblait pas être au courant.

— Tout simplement parce que j'ai organisé ça hier, après son départ, dit-il d'un ton sec.

94

Elle allait donc se retrouver complètement seule le jour de son mariage ?

Alex semblait soudain bien pressé de se débarrasser d'elle ! Louise attendit d'être montée en voiture pour lui demander à mi-voix :

— Tu es fâché ? Aurais-je commis une faute quelconque ?

— Non, tu as été parfaite.

— Alors qu'y a-t-il ?

— Ce qu'il y a ? L'idée d'être un homme marié ne m'enthousiasme pas.

— Il est un peu tard pour avoir des regrets, riposta-t-elle.

— Je le sais bien. Il n'empêche que je me sens pris au piège.

Louise sentit son cœur s'alourdir. Elle réussit quand même à lancer avec ironie :

— Ecoute, tu ne peux t'en prendre qu'à toi-même.

Mais un peu plus tard, dans l'ascenseur qui l'emmenait jusqu'à cet appartement qu'elle devait considérer comme son domicile, la jeune femme tremblait de colère et de désespoir.

Alex se sentait en prison ? Eh bien, elle aussi ! Une prison dorée, peut-être, mais une prison quand même.

Hélas, cette prison, elle ne souhaitait pas la quitter.

La respiration soudain coupée, Louise s'adossa à la paroi de la cabine, tandis que l'incroyable révélation se faisait jour dans son esprit.

Elle était tombée amoureuse d'Alex Fabian ! Un homme qui lui avait fait signer un contrat par lequel elle s'engageait à accepter le divorce dès qu'il jugerait l'heure venue.

C'était seulement aujourd'hui qu'elle comprenait pourquoi elle ne cessait de penser à lui, nuit et jour. Oui, elle l'aimait de tout son cœur, de toute son âme — et pour toujours.

7.

Louise resta longtemps assise sur le canapé du salon. Elle ne cessait de faire tourner son alliance autour de son doigt, tandis que les larmes glissaient inlassablement sur ses joues pâles.

Comment *cela* avait-il pu se produire ? Quand ? Elle aurait été bien incapable de le dire. Tout ce qu'elle savait, c'était qu'Alex était devenu peu à peu l'astre autour duquel pivotait son existence. Elle avait besoin de le voir, d'entendre sa voix, d'être près de lui…

Il l'avait épousée, soit. Mais il le regrettait déjà. Et jamais ils ne vivraient comme mari et femme.

S'il l'avait choisie, c'était parce qu'elle ne l'attirait pas physiquement. Même si elle vivait sous le même toit que lui, il ne serait jamais tenté de profiter de la situation. De cette manière, il évitait d'éventuelles complications.

Elle prit une profonde inspiration, en se demandant une nouvelle fois comment elle avait pu tomber amoureuse d'un homme qui n'acceptait de la prendre dans ses bras que pour donner le change.

Elle qui avait toujours rêvé d'une existence sans complication, comment se retrouvait-elle dans un imbroglio pareil ?

Tout aurait été plus simple avec David.

A cette pensée, elle haussa les épaules. Connaissait-on jamais les gens ? Aurait-elle jamais pu deviner que son tranquille fiancé s'enfuirait avec sa demi-sœur ?

Au moins, Alex était honnête. Il ne lui avait pas caché qu'une fois marié, il continuerait à mener sa vie comme avant. Un peu plus discrètement, cependant. C'était du moins ce qu'il avait promis. Mais si les reporters de journaux à scandale découvraient qu'il continuait à multiplier les aventures, ils ne manqueraient pas de le faire savoir à des milliers de lecteurs avides de détails bien croustillants.

Avec David, elle avait cru se sentir en sécurité. Avec Alex, elle avait l'impression de marcher sur une corde raide. Et sans filet !

La sécurité… Alex ne lui avait-il pas dit un jour, justement, qu'il n'existait pas de sécurité dans l'amour ? Elle crut soudain entendre sa voix :

— L'amour, c'est au contraire l'incertitude, le risque quotidien.

Maintenant, elle comprenait tout cela. Ce qu'elle avait éprouvé à l'égard de David n'était que de la tendresse. Une tendresse d'une désolante tiédeur. Elle l'aimait, soit, mais pas d'amour.

Et ce qu'elle savait aussi — ce qu'elle savait surtout— c'était que les sentiments qu'elle portait à Alex ne seraient jamais payés de retour.

Enfin, elle se leva. Tête basse, les épaules voûtées, elle se rendit dans sa chambre. La glace de la salle de bains lui renvoya son image. L'image d'une jeune femme désemparée, alors que ce matin encore, devant cette même glace, elle était radieuse dans cet ensemble à la coupe simplissime. Avec naïveté, elle se demandait alors si Alex allait la trouver jolie…

D'un mouvement brusque, elle s'essuya les yeux.

« On n'est pas censé pleurer le jour de son mariage, pensa-t-elle. Sinon de joie ! »

Elle serra les dents. De quoi se plaignait-elle ? Elle avait accepté la situation dès le début. Elle avait conclu un marché et n'avait qu'à s'y tenir.

Seule sa fierté lui permettrait d'aller jusqu'au bout de l'épreuve dans laquelle elle s'était lancée — et en sachant parfaitement ce qu'elle faisait. Mais cela allait être infiniment plus difficile qu'elle ne le pensait. A aucun prix, cependant, il ne fallait qu'Alex devine qu'elle était stupidement tombée amoureuse de lui.

A minuit, il n'était toujours pas rentré. A 2 heures du matin, pas davantage.

Louise réussit enfin à sombrer dans un lourd sommeil sans rêves. Elle se réveilla à l'aube, et après avoir enfilé sa robe de chambre, se rendit dans la cuisine pour mettre la cafetière en route.

La porte de la chambre d'Alex était entrouverte, exactement comme la veille. Et son lit n'était toujours pas défait, ce qui signifiait qu'il n'était pas rentré de la nuit.

Le cœur lourd, elle alla s'installer dans le living avec une tasse de café. A ce moment-là, — enfin ! —, la clé tourna dans la serrure.

Quelques instants plus tard, Alex apparut, vêtu exactement comme il l'était la veille. Mais ses cheveux étaient en désordre et une barbe ombrait légèrement ses joues.

— Tu n'es pas revenu de la nuit, Alex. C'est la première fois et… et je m'inquiétais.

— C'est trop gentil ! lança-t-il, sarcastique. Mais j'aurais pensé que tu serais soulagée de ne pas me voir. J'aurais pu essayer de profiter de ma nuit de noces.

Il se mit à ricaner.

— Tu veux savoir où j'étais ? Dans quel lit ?

Quelle flèche cruelle ! Louise réussit cependant à ne pas montrer sa peine. Au lieu de cela, elle se redressa, lui faisant face.

— Cela ne me regarde pas, déclara-t-elle d'un ton neutre. A l'avenir, je ne m'inquiéterai pas. Je me dirai tout simplement que tu as choisi de dormir ailleurs.

— Quelle ouverture d'esprit !

— Non, je suis tout simplement indifférente. En revanche, méfie-toi de ton ami journaliste. S'il découvre que tu découches, tu peux dire adieu à Rosshampton !

— Tu es toujours contente quand tu peux sortir tes griffes, toi, grommela-t-il.

— Regarde-toi dans une glace. Tu as une tête à faire peur.

— Merci. Mais je me connais : il suffira d'une bonne douche pour me remettre d'aplomb.

Il ricana de nouveau.

— De toute manière, étant donné les circonstances, personne ne sera étonné de constater que j'ai peu dormi.

Louise se sentit rougir. Pire, des larmes lui picotèrent les paupières. Mais pas question de pleurer devant lui ! Prenant sa tasse, elle se leva.

— Il reste presque toute une cafetière, ça devrait te suffire.

Au moment où elle passait devant lui, il l'arrêta en posant la main sur son bras.

— Louise, écoute...

Elle se raidit, les yeux étincelants.

— Ne me touche pas. Tu entends ? Ne me touche pas quand nous sommes seuls. Nous étions d'accord sur ce point. Si tu ne respectes pas ta parole, je ne resterai pas une seconde de plus.

Bien décidée à le blesser à son tour, elle ajouta :

— Quand tu me touches, j'ai l'impression d'être salie.

Autant elle était rouge, autant il devint pâle.

— Petite sainte, va ! lança-t-il d'un ton venimeux. Tu ne te sens pas trop seule, là-haut, sur ton vertueux piédestal ?

Sans réfléchir, elle lui lança le contenu de sa tasse à la figure. Pendant une fraction de seconde, il demeura pétrifié. Son visage exprima tout d'abord une stupeur sans nom, puis l'incrédulité. Et enfin quelque chose qu'elle ne sut comment interpréter mais qui l'effraya. La tasse lui échappa des doigts et tomba sur la moquette. Sans se préoccuper de réparer les dégâts, elle courut s'enfermer dans sa chambre.

Une demi-heure plus tard, Alex quittait l'appartement. Elle attendit quelques minutes de plus avant de se décider à aller nettoyer les dégâts.

« Ah, c'est beau, la vie d'une femme mariée ! » pensa-t-elle avec autant de tristesse que d'ironie.

Dans le courant de l'après-midi, un livreur lui apporta un somptueux bouquet de roses rouges. Aucun message sur la carte qui les accompagnait. Seulement une signature : Alex.

« Comment faut-il prendre cela ? se demanda Louise. Comme un rameau d'olivier ? Ou une couronne mortuaire ? »

Elle était en train de regarder la télévision, s'apprêtant à passer une autre soirée seule quand, à grande surprise, Alex arriva ce soir-là un peu après 18 heures.

Quelque peu anxieuse, elle arrêta la télévision.

— Je vois que tu as reçu les fleurs, déclara-t-il d'une voix neutre.

— Pourquoi les as-tu envoyées ?

— Je me suis dit qu'il fallait faire un petit geste pour t'amadouer.

Avec une pointe d'ironie, il ajouta :

— Je n'ai pas envie de recevoir du café à la figure tous les matins.

100

— Je ne sais pas ce qui m'a pris, murmura-t-elle avec confusion. Je n'ai jamais eu de réactions pareilles jusqu'à présent. Ton costume est fichu ?

— Le teinturier trouvera sûrement le moyen de le récupérer. Sinon, tant pis !

— Je suis désolée.

— Je l'avais bien cherché.

Après un silence, il déclara :

— T'ai-je seulement dit que tu étais très jolie hier ? Tous les clients du Savoy m'enviaient.

« *Très* jolie, peut-être, pensa-t-elle avec amertume. Mais, apparemment, pas *assez*. »

— Pour me faire pardonner, j'ai apporté quelques provisions. On dîne ensemble ?

— Tu... tu veux que je prépare le dîner ? demanda-t-elle avec stupeur.

Il haussa les épaules.

— Je me suis dit qu'on pourrait repartir de zéro. Mais si tu ne le souhaites pas, je n'insisterai pas. Tu sais, il n'y a pas grand-chose là-dedans. Juste deux steaks et de la salade. Même moi, je devrais être capable de préparer ça.

Elle ne put s'empêcher de sourire.

— Tu aurais acheté ça ? J'ai du mal à le croire. Je parie que tu as demandé à Andie de s'en charger.

A son tour, Alex parut se détendre.

— Tu commences à bien me connaître... Veux-tu que je fasse cuire les steaks ?

— Non, je m'en charge. Tu peux ouvrir une bouteille de vin, si tu veux.

Elle se rendit dans la cuisine, heureuse d'avoir quelque chose à faire pour s'occuper, après une journée comme celle qu'elle venait de passer.

Elle n'avait pas cessé d'imaginer Alex en compagnie d'une inconnue. Une inconnue ? Ou bien celle qui s'imposait souvent à son esprit, la belle Lucinda ? Elle avait vu, dans un magazine, des photos de la maison de campagne des Crosby.

« On se croirait dans une revue de décoration », avait-elle alors pensé.

Lucinda posait au milieu de pelouses veloutées, entre deux labradors.

« Lucinda est une femme exceptionnelle, répète Peter Crosby à l'envi », disait la légende.

Ce politicien plus que rôdé, en passe de devenir encore une fois ministre, apparaissait à la page suivante, vêtu avec une élégante décontraction.

La voix d'Alex la ramena à l'instant présent.

— Je peux faire quelque chose ?

Elle ajouta un peu plus de moutarde dans la sauce de la salade avant de déclarer :

— Non, merci. Andie a acheté de quoi faire tout un repas. Il y a même une tarte au citron et des pommes de terre nouvelles que je vais faire sauter.

Il s'adossa au réfrigérateur.

— Ça ne t'ennuie pas si je reste ici ?

— Pas du tout, réussit-elle à répondre d'un ton naturel.

Mais c'était faux. Tout en lui la troublait. Son sourire, sa voix. Même lorsqu'il arrivait, mal rasé, sortant de toute évidence du lit d'une autre, elle avait toutes les peines du monde à ne pas se précipiter dans ses bras.

— Ça ne te dérange pas de parler pendant que tu prépares le dîner ?

Elle ne put s'empêcher de rire.

— Non, bien sûr. Tu as quelque chose de spécial à me dire ?

« Ou à me confesser ? »

— Pas du tout, assura-t-il.

— Alors parle-moi de Rosshampton.

— Que veux-tu savoir ?

— Pourquoi cette maison compte-t-elle autant pour toi ?

— J'y ai passé beaucoup de temps, surtout pendant mon enfance. C'est mon point d'attache, mon refuge. Elle représente pour moi la sécurité, la pérennité des choses.

— Tout ce que je cherchais chez David.

— Mieux vaut faire confiance aux pierres qu'aux êtres humains.

— Pourquoi y allais-tu souvent ?

—Mon père était la plupart du temps en voyage d'affaires à l'étranger. Et je ne crois pas que c'était le plus fidèle des hommes.

« Un trait commun à tous les Fabian... », songea Louise.

— Ma grand-mère, qui avait dû s'en apercevoir, ne l'estimait guère. Ma mère qui, elle aussi, s'en était rendu compte, s'était dit qu'en accompagnant son mari partout, elle lui éviterait les tentations. Résultat ? Je me suis retrouvé en pension. Et on m'envoyait à Rosshampton pendant les vacances.

— Tu ne devais pas être très heureux.

— J'étais très heureux, au contraire ! protesta-t-il.

— Parle-moi de la maison. Est-elle ancienne ?

— Très. La partie principale a été construite à la fin du XVIᵉ siècle. Mais on a ajouté une aile supplémentaire, une salle de bal... Il n'y a pas moins de dix chambres, sans compter la suite royale.

— Rien que cela ?

— La reine Victoria y a séjourné deux ou trois fois avec le prince Albert. Cette suite comprend deux chambres, un salon, deux salles de bains, des dressing-rooms... Depuis que je suis adulte, ma grand-mère m'a toujours donné cette suite. C'est là que nous dormirons, forcément.

Louise se contenta de hocher la tête. Là-bas aussi, ils vivraient donc chacun de leur côté.

— Veux-tu que je mette le couvert ? proposa soudain Alex.

— Tu es capable de t'en charger tout seul ?

— Tu as une bien piètre opinion de moi. Laisse-moi faire, et tu verras.

Lorsqu'elle apporta le dîner dans la salle à manger, un peu plus tard, elle fut très étonnée de constater qu'Alex avait tout préparé. Et très bien !

Tout était parfait : les sets en lin, l'argenterie, les verres en cristal… et même les bougies fichées dans un candélabre d'argent.

— Bravo ! s'exclama-t-elle.

— Comme c'est la première fois que nous dînons ensemble ici, je me suis dit qu'il fallait faire un petit effort.

A la grande surprise de la jeune femme, ils ne tardèrent pas à bavarder comme des amis de toujours. Un peu plus tard, Alex la félicita.

— Tu es vraiment une excellente cuisinière.

— Merci.

Ils continuèrent à discuter un peu de tout et de rien.

— C'est incroyable ! s'exclama soudain Louise en apportant le café. Tu es censé être mon mari et je ne connais même pas la date de ton anniversaire.

— Ce n'est pas un secret ! Le 1er août.

— Un Lion. J'aurais dû m'en douter. Le Roi-Lion…

Il soupira.

— Tu connais même mon surnom.

— Ça t'ennuie ?

— Pas du tout. Cela ne m'a jamais fait ni chaud ni froid qu'on m'appelle ainsi. Que penses-tu du vin ?

— Il est excellent.

— Je devrais peut-être t'emmener en France. En Champagne, en Bourgogne, dans le Bordelais…

— J'irai beaucoup plus loin que le Bordelais. L'itinéraire de mon prochain voyage est déjà tout tracé.

— C'est vrai, j'avais oublié que tu voulais faire le tour du monde.

Sans transition, il demanda :

— Veux-tu un cognac avec ton café ?

— Non, merci. Je vais tout ranger, puis j'irai me coucher.

— Tu as la permission de minuit, Cendrillon.

— Je suis un peu fatiguée, j'ai envie de dormir, prétendit-elle.

— Dans ce cas, laisse-moi ranger.

Elle lui adressa un coup d'œil plein de suspicion.

— Tu ne vas pas te contenter de tout entasser dans l'évier ?

— Je ne m'appelle pas Marian Trentham. Quand me feras-tu confiance ?

Elle lui adressa un sourire forcé.

— Bonsoir, Alex. Merci pour les fleurs, merci pour le dîner…

— Dors bien, fais de beaux rêves. A propos, à quoi rêves-tu ?

— C'est mon secret.

La tête sur le billot, elle refuserait d'admettre qu'il occupait la plus grande place dans ses songes !

— Tu ne veux pas me dire à quoi tu rêves ? insista-t-il. Ou à qui ?

— Au Taj Mahal, prétendit-elle. Dans mes songes, je ne vois que le Taj Mahal, dans le flamboiement du coucher du soleil. Bonne nuit, Alex.

8.

Andie, l'assistante d'Alex, semblait perplexe.

— Vous croyez que c'est une bonne idée ? Qu'en pense votre mari ?

— Je ne lui en ai pas encore parlé, répondit Louise.

— Ce serait pourtant judicieux ! Je ne crois pas qu'il serait ravi que sa femme fasse le tour de la City en proposant ses services de traiteur aux banques concurrentes. Ou même à la banque Perrins ! Vous imaginez ?

— Il faut pourtant que je m'occupe. Je ne peux pas rester à me tourner les pouces du matin au soir.

— Attendez quelques jours avant de parler de votre projet à Alex. Il est très énervé en ce moment. Et pour tout arranger, je viens de lui donner ma démission.

— Vraiment ? Moi qui étais persuadée que ce travail vous plaisait…

Louise contempla sa salade composée avec une grimace.

— Vous venez de me couper l'appétit.

— Il n'y a pas de raison. J'ai toujours apprécié de travailler avec Alex. Et j'espère que nous resterons amies.

Avec un grand sourire, Andie ajouta :

— Surtout si vous acceptez de devenir marraine.

— Oh ! Vous allez avoir un bébé ? C'est formidable ! Je comprends mieux, maintenant. C'est pour quand ?

— J'en suis à peine à mon deuxième mois, mais j'ai préféré prévenir Alex suffisamment à l'avance pour qu'il ait le temps de chercher une nouvelle assistante.

Elle jeta un coup d'œil à sa montre.

— Je ferais bien de me dépêcher si je ne veux pas arriver en retard au bureau. On commande les cafés ?

— Oui, puis je vous déposerai en taxi. Il faut que je sois moi-même de retour avant 15 heures. On doit me livrer cet après-midi la robe que je porterai à l'occasion de l'anniversaire de lady Perrins.

— Ne soyez pas si anxieuse. Vous allez passer un merveilleux week-end. Et Alex sera ravi de vous présenter à la seconde femme de sa vie.

« Qui est la première ? se demanda Louise avec amertume. Celle avec laquelle il a passé sa nuit de noces ? »

Après avoir déposé Andie devant le siège de la banque Perrins, Louise donna au chauffeur de taxi l'adresse de la boutique.

« Andie a tant de chance, pensa-t-elle. Elle a un mari qui l'adore, elle va avoir un enfant… En comparaison, je suis bien à plaindre. »

Le soir où Alex avait apporté de quoi préparer le dîner, elle avait cru qu'ils prenaient un nouveau départ. Comme elle se trompait ! Depuis, ils s'étaient à peine vus. Il partait de bonne heure, rentrait très tard — mais au moins, il rentrait.

Avec un peu de chance, cette situation ne s'éterniserait pas. Si celle qu'elle se représentait comme une terrible vieille dame se laissait abuser par leur comédie, il était possible que les choses se dénouent très vite. Dès qu'Alex aurait le titre de propriété de Rosshampton, les formalités du divorce suivraient.

La voix du chauffeur de taxi interrompit sa rêverie morose.

— Il y a des embouteillages terribles. Je vais essayer de passer par là, ça roulera peut-être mieux.

Il emprunta une rue étroite bordée de boutiques d'antiquaires et de galeries d'art. Au moment où il dépassait une camionnette à l'arrêt, Louise aperçut Alex en haut des marches de marbre d'un élégant hôtel, le Belmayne.

Lucinda Crosby s'accrochait à son bras d'un air possessif.

Louise eut l'impression de recevoir un coup en pleine poitrine. Ainsi, ce n'était pas fini entre eux comme il l'avait prétendu !

Elle se fit toute petite à l'arrière du taxi — comme si c'était elle qui venait d'être prise en faute. Mieux valait, de toute manière, éviter une confrontation. Elle était capable de se mettre à pleurer. Ce qui serait d'autant plus ridicule que jamais Alex n'avait promis de lui être fidèle.

Le taxi arriva enfin au coin de la rue, et elle dut faire appel à toute sa force de volonté pour ne pas se retourner.

De la volonté ? Il allait lui en falloir pour affronter le week-end qui l'attendait. Après ce qu'elle venait de voir, comment réussirait-elle à jouer le rôle de l'épouse comblée ? Cela allait être encore plus difficile qu'elle ne l'imaginait.

Louise était rentrée depuis à peine cinq minutes quand un coup de sonnette retentit.

Elle alla ouvrir, s'attendant à trouver un livreur chargé d'un carton tout enrubanné. En fait de livreur, c'était un revenant qui se tenait sur le seuil.

— David ? dit-elle d'une voix étranglée.

— Bonjour, Louise. Je suis si heureux de te revoir !

Elle aurait été incapable d'en dire autant. Elle était si loin de s'attendre à la visite de son ex-fiancé ! D'ailleurs, elle avait espéré ne jamais le revoir.

— Que fais-tu ici ? interrogea-t-elle d'un ton rogue. Comment m'as-tu trouvée ?

— Ellie avait l'adresse de Fabian dans son agenda. Je peux entrer ?

Elle aurait dû le mettre à la porte. Au lieu de cela, elle s'effaça pour le laisser pénétrer dans l'appartement.

— Pas mal ! commenta-t-il en arrivant dans le living dont les baies coulissantes étaient ouvertes sur la terrasse.

D'un ton acide, il ajouta :

— Tu as su te débrouiller.

— Toi aussi.

Il secoua la tête.

— Quel gâchis ! Mais quel gâchis ! J'ai été le roi des imbéciles.

Louise le toisa sans la moindre pitié. Quoi, c'était cet homme faible et mou qu'elle avait rêvé d'épouser ?

— Que veux-tu exactement ? demanda-t-elle avec froideur.

— J'ai commis la plus grande bêtise de ma vie en partant avec Ellie et je suis venu te demander pardon.

Elle haussa les épaules.

— Considère-toi pardonné. Et maintenant, va-t'en ! Tu n'aurais jamais dû venir ici.

— Louise, ne me dis pas que tu es heureuse avec ce type ! On peut tout recommencer. Tu sais, entre Ellie et moi, c'est pratiquement fini. Elle ne peut pas supporter ma mère, et vice-versa. Et puis elle dit que je ne gagne pas assez. Elle veut que nous vendions la maison et que nous allions vivre à Londres.

— Faites comme vous voulez. Ça ne me regarde pas.

— Elle a tellement changé ! Au début, elle était si douce, si fragile. Maintenant, elle ne pense qu'à l'argent.

De nouveau, il regarda autour de lui, cette fois avec autant d'envie que de mépris.

— Je suppose qu'en sortant avec Fabian, elle a pris des goûts de luxe.

— Elle ne voulait pas l'épouser. Elle m'a dit qu'il lui faisait peur.

— Peut-être parce qu'il voulait tout diriger ? Cela ne lui plaisait pas, car elle aussi est très autoritaire. Honnêtement, jamais je n'aurais cru cela d'elle.

— Moi non plus.

Pensive, elle murmura :

— Je me souviens qu'Alex m'a dit un jour que je ne la connaissais pas.

— Personne ne la connaissait. Et ma vie est devenue un enfer. Ma mère ne cesse pas de se plaindre. Sous prétexte que je t'ai méchamment laissée tomber, la plupart de mes amis m'ont tourné le dos.

— Tu t'attends que je te plaigne ?

— Quand j'ai appris que tu avais épousé Fabian, j'ai eu l'impression de mourir un peu.

— Arrête ! On se croirait à une répétition du groupe de théâtre amateur.

— Louise, on peut tout recommencer, répéta-t-il. Que deviendras-tu une fois que Fabian décidera de rompre ?

— Eh bien, je deviendrai une riche divorcée et je ferai le tour du monde.

— Pas toute seule.

Elle le regarda avec stupeur.

— Tu ne vas quand même pas te proposer comme compagnon de voyage ?

— Pourquoi pas ? J'ai admis avoir eu tort, je me suis excusé. Louise, ma chère Louise, pourquoi ne reprendrions-nous pas tout de zéro ?

— Tu me sidères. Comment oses-tu me proposer une chose pareille ? Aurais-tu oublié que je suis mariée ?

Il se mit à ricaner.

110

— Il n'est pas plus ton mari qu'il n'aurait été celui d'Ellie. Je suis au courant des termes de votre accord, figure-toi.

Oui, évidemment. Ellie avait dû tout lui raconter.

— Tu sais seulement ce que ma sœur a bien voulu te dire.

Louise se dirigea vers le hall et, d'un doigt qui ne tremblait pas, indiqua la porte.

— Va-t'en, David.

— J'ai eu tort de débarquer comme ça. J'aurais dû t'écrire ou te téléphoner. Mais j'avais tellement envie de te voir, de t'expliquer… Louise, je sais que je peux te rendre heureuse.

— Moi, je sais maintenant que non.

— Louise…

— Tu dis n'importe quoi, coupa-t-elle. Aurais-tu oublié qu'il y a quelques semaines, tu étais assez amoureux d'Ellie pour partir avec elle ?

— J'ai perdu la tête. Mais ça n'a pas duré, crois-moi.

— Tant pis pour toi.

— Louise, mon amour, tu ne peux pas me traiter comme ça. Tu ne peux pas avoir oublié combien nous nous aimions, ce que nous représentions l'un pour l'autre, ce…

De nouveau, elle l'interrompit.

— Tu n'as pas honte ?

— Tu es la seule femme qui ait jamais compté pour moi.

Elle porta la main à son front brûlant.

— Ce n'est pas possible ! Comment puis-je écouter de pareilles bêtises ? Je ne veux pas en entendre davantage.

— Tu es devenue si dure. Je ne te reconnais pas.

Soudain, elle frappa du pied.

— Va-t'en, te dis-je !

— Réfléchis et si tu changes d'avis, téléphone-moi au bureau.

— Pas de danger.

Elle le poussa littéralement dehors avant de claquer la porte de toutes ses forces.

Elle tremblait de la tête aux pieds. Comment David avait-il pu manquer à ce point d'orgueil pour venir la trouver ici ? Après ce qu'il lui avait fait, comment avait-il osé la supplier de recommencer ? C'était… écœurant.

Eprouvant soudain le besoin de se purifier après cette visite, elle se dirigea vers sa salle de bains tout en déboutonnant sa robe-chemise en lin pâle. Elle laissa tomber ses vêtements par terre avant de se mettre sous la douche. Longtemps, elle demeura sous le jet tiède.

Le sort avait de ces ironies ! Celui dont elle ne voulait plus la suppliait de lui revenir. Quant à celui dont elle rêvait, jamais il ne voudrait d'elle.

Au lieu de ressasser sans fin ses misères, elle ferait mieux de s'occuper. Il fallait qu'elle prépare sa valise pour ce week-end à Rosshampton. Et elle ferait bien, aussi, de téléphoner à la boutique pour savoir ce que devenait sa robe. Celle-ci aurait dû lui être livrée depuis au moins une heure.

Après avoir enfilé un léger peignoir en broderie anglaise, elle se rendit dans le living.

Décidément, elle n'était pas au bout de ses surprises ! Car Alex se tenait debout devant l'une des baies vitrées. Elle n'avait fait aucun bruit, pourtant il se retourna immédiatement et la toisa sans mot dire.

Louise soutint son regard. C'était la première fois qu'il revenait dans l'après-midi. Qu'avait-il à lui dire ? Qu'il ne pouvait pas vivre sans Lucinda Crosby ?

« Je vais rester très digne, se promit-elle. Pas question de m'abaisser comme David. »

— Tu as l'air surprise de me voir, chérie, déclara-t-il enfin avec une pesante ironie.

— Je ne t'ai pas entendu entrer.

— J'espère que cette arrivée intempestive ne te dérange pas.

Elle haussa les épaules.

— Tu es chez toi, non ? Comme convenu, tu vas et tu viens quand ça t'arrange.

— Tu as l'habitude de prendre des douches au milieu de l'après-midi ?

— Ça m'arrive quand j'ai chaud. Pourquoi me poses-tu une question aussi ridicule ?

— Simple curiosité. Je me demandais comment tu passais ton temps quand je n'étais pas là.

Le silence s'installa. Un silence lourd, peuplé de sous-entendus, de non-dits.

— C'est une nouvelle robe de chambre ? interrogea-t-il.

— Oui, je l'ai achetée la semaine dernière.

« Arrêtons de parler de choses aussi triviales. Dis-moi plutôt ce que tu as à me dire », eut envie de supplier Louise.

— Jolie…, murmura-t-il. Je ne l'ai encore jamais vue, sinon je m'en souviendrais.

— Tu es rarement ici.

— Cela va changer. Viens t'asseoir près de moi et discutons tranquillement comme le font les couples normaux.

— Le problème, c'est que nous ne sommes pas un couple normal.

Elle avait réussi à répondre d'un ton léger. Impossible de deviner à quel point elle était tendue intérieurement.

— Et puis j'ai des choses à faire, ajouta-t-elle.

— Quoi donc ?

— Aurais-tu oublié que nous partons en week-end demain ? Il va falloir jouer le grand jeu pour convaincre ta grand-mère que tu es devenu un mari modèle. Je dois préparer ma valise. Et la robe que j'ai commandée pour la soirée n'est pas encore arrivée, j'ai intérêt à téléphoner pour demander ce qu'il en est.

— Cela peut bien attendre cinq minutes. Il faut que nous discutions.

Il désigna un canapé.

— Assieds-toi.

Elle obéit sans enthousiasme et, pour se donner une attitude, lissa du bout des doigts les pans de son peignoir en broderie anglaise.

— Tu as l'air bien énervée, ma douce, dit Alex en prenant place en face d'elle. Ma présence te pèse ?

— Je suis étonnée de te voir ici à une heure où tu es normalement au bureau.

— Peut-être avais-je besoin de compagnie féminine.

« Tu n'avais qu'à rester avec ta Lucinda ! » faillit-elle lui dire.

— Raconte-moi ta journée en détail, chérie.

— Rien d'intéressant.

— Raconte quand même.

Agacée, elle déclara :

— Eh bien, j'ai mis une robe en lin que tu n'as pas encore vue non plus. Je suis sortie et je me suis promenée.

— Où ?

— Je suis allée à pied jusqu'au restaurant où je devais déjeuner avec Andie. Elle m'a annoncé qu'elle allait avoir un bébé. Tu es au courant, je crois ?

— Oui. Et après le déjeuner ?

— J'ai pris un taxi pour rentrer.

— C'est tout ?

D'une voix douce, trop douce, il demanda :

— Tu es sûre que tu n'oublies rien ? Une rencontre, par exemple ?

Comme il était cruel ! Il avait probablement dû la voir passer alors qu'il sortait de l'hôtel avec Lucinda Crosby.

Elle crispa les mains. Mais lorsqu'elle reprit la parole, sa voix ne trahissait rien de son trouble intérieur.

— Si, par hasard, j'avais fait une rencontre, elle ne vaut pas la peine d'être mentionnée. Cela ne modifie en rien le contrat que nous avons conclu.

Avec une amertume infinie, elle poursuivit :

— Nous restons libres, n'est-ce pas ? Du moins en privé. En public, je jouerai mon rôle, ne t'inquiète pas. Tu n'auras pas à te plaindre au cours de ce week-end.

Il hocha la tête.

— Très bien. Cependant, la prochaine fois que tu recevras ton amant au domicile conjugal, je suggère que tu me préviennes à l'avance. A cinq minutes près, j'aurais été témoin de vos ébats. Ce qui, avoue-le, aurait été embarrassant pour tout le monde.

— Mon amant ? répéta-t-elle, sidérée.

— J'étais dans le hall quand David Sanders est sorti de l'ascenseur. Je l'ai reconnu sans peine : j'avais vu sa photo à Virginia Cottage. Quant à lui, il ne m'a même pas remarqué. Evidemment, il ne s'attendait pas à me voir : tu avais dû lui dire que le champ était libre pendant la journée.

Avec un sourire froid, il poursuivit :

— Un petit conseil, ma chère. Ne prends jamais de bain en plein après-midi. Ça semble toujours très louche. Même s'il y a peu de danger pour que je sente l'odeur de Sanders sur ta peau, termina-t-il dans un rire sarcastique.

— Comment oses-tu m'accuser ? s'écria Louise, tremblante d'indignation. Tu penses que David est venu ici pour... pour ça ?

— Pour quoi d'autre ? Tu es nue sous ce peignoir tout blanc...

— Tu peux croire tout ce que tu veux ! Mais si tu veux savoir, j'étais tout habillée quand David est arrivé.

Le rire sarcastique d'Alex retentit de nouveau.

— Je parie qu'il ne lui a pas fallu longtemps pour te déshabiller.

— C'est après son départ que je suis allée prendre une douche.

— Cela me semble logique.

— Je portais toujours ma robe quand il est parti !

Elle n'avait absolument rien à se reprocher, et pourtant elle avait l'impression de s'enfoncer un peu plus à chaque mot.

— Je n'attendais pas David, insista-t-elle. D'ailleurs, je n'avais pas eu de ses nouvelles depuis qu'il était parti avec Ellie. Quand on a sonné, pensant que c'était le livreur qui apportait ma robe, j'ai ouvert sans méfiance. Si j'avais pu deviner que j'allais me trouver devant David Sanders, la porte serait restée close, crois-moi !

— Il est arrivé comme ça ? Par hasard ? Sans prévenir. Et comment a-t-il pu savoir où te trouver ?

— Ton adresse était dans l'agenda d'Ellie. Il semblerait que ça n'aille pas très bien entre eux.

— Tu m'étonnes. C'est tout ce qu'il avait à dire ?

Louise fixa un point de la moquette.

— Non. Il voulait tout recommencer. Comme s'il ne s'était rien passé.

— Touchant ! Quand dois-tu le revoir ? Et où ? Pas dans mon lit, s'il te plaît.

Incapable de se contenir davantage, la jeune femme lança :

— Je pensais plutôt aller à l'hôtel Belmayne. Tu le recommandes ?

Cette fois, Alex se trouva réduit au silence.

— Je ne vois pas très bien ce que tu veux dire, déclara-t-il enfin.

Louise se leva d'un bond.

— Ce que tu peux être hypocrite ! Je passais en taxi devant l'hôtel Belmayne quand je t'ai vu en sortir avec ta maîtresse,

Lucinda Crosby ! *Je t'ai vu*, insista-t-elle. Tu ne vas pas le nier, quand même !

— En t'entendant, on pourrait penser que tu es jalouse.

— Je t'en prie, épargne-moi les inepties de ce genre !

Déjà, elle était à la porte.

— Maintenant, je vais faire ma valise. Si ma robe arrive, préviens-moi.

— Louise, dis-moi la vérité. David Sanders est-il ton amant ?

Sans même se retourner, elle lança :

— En t'entendant, on pourrait penser que tu es jaloux.

117

9.

Une heure plus tard, Alex vint frapper à la porte de son épouse et lui tendit une boîte en carton : la fameuse robe venait d'être livrée.

Louise se félicita alors d'avoir réussi à ne pas pleurer. Pas question de lui montrer à quel point elle était abattue.

« Plus jamais je ne pleurerai », se promit-elle, avant de murmurer un bref remerciement.

— Je peux voir ce que tu as acheté ? demanda Alex.

— Tu ne me fais pas confiance ?

Il haussa les épaules.

— Jusqu'à présent, il n'y a pas eu beaucoup de confiance entre nous. Je peux voir ?

Sans enthousiasme, elle ouvrit le carton, écarta les papiers de soie et sortit une robe longue en taffetas rouge foncé qu'elle mit devant elle.

— Ça ira ? interrogea-t-elle, glaciale.

— Très bien.

Ils partirent pour Rosshampton le lendemain après-midi, dans la limousine que conduisait le chauffeur. Louise avait espéré pouvoir tenter un petit rapprochement pendant le trajet. Cela l'aurait aidée à mieux tenir son rôle. Mais dans ces conditions, il ne pouvait être question de parler à cœur ouvert. Car même si le chauffeur ne pouvait pas l'entendre, elle se sentait mal à l'aise en sa présence.

Alex ouvrit son attaché-case et se mit à étudier un dossier. Louise contempla le paysage, tout en récapitulant ce qu'elle savait déjà.

Elle allait donc rencontrer lady Perrins, la veuve de lord Perrins, le banquier. Une dame de fer que semblaient redouter tous les employés de la banque.

Elle ferait également la connaissance de Cliff Maidstone, le petit-fils d'un certain Archie Maidstone, un homme pour lequel Selina Perrins avait eu autrefois un faible. Un individu si peu honnête qu'il avait fallu l'exiler en Afrique du Sud pour éviter un scandale.

Alex lui avait appris que Cliff Maidstone serait accompagné par sa femme Della, un ex-mannequin. Les Maidstone semblaient avoir de l'argent, de l'entregent et du charme à revendre.

— Ce Cliff Maidstone est adroit, avait dit Alex d'un air soucieux. D'après lui, son grand-père n'aurait jamais oublié ma grand-mère. Et il paraît qu'il ne cessait de parler de Rosshampton comme d'un paradis perdu.

— Comment as-tu appris tout cela ?

— Grâce à la règle la plus importante en affaires : tout connaître de son ennemi.

— Je suppose que ton ennemi sait également tout de toi.

— Peut-être. Mais j'ai une arme secrète ! Toi, ma douce.

Soit ! Rien n'était cependant gagné.

« Et si lady Perrins me trouve antipathique ? se demanda Louise avec angoisse. Si elle comprend que ce mariage n'était qu'une façade ? »

La limousine franchit une grille en fer forgé. Puis, lentement, majestueusement, elle monta une large allée sablée.

Lorsque Louise aperçut la maison, elle fut immédiatement séduite.

Il s'agissait plutôt d'un manoir, d'ailleurs. Un manoir ancien au milieu d'arbres centenaires, de somptueux massifs de fleurs et de pelouses veloutées. Les jardins descendaient en pente douce jusqu'à un lac dont la surface bleutée étincelait sous le soleil.

En la voyant, la jeune femme comprenait pourquoi Alex tenait tant à cette demeure.

— Qu'en penses-tu ? lui demanda-t-il.

— C'est une merveille.

Que n'aurait-elle donné pour pouvoir vivre ici ! Avec Alex. Avec leurs enfants…

Elle se reprit très vite. Il ne fallait pas se laisser aller à de telles pensées. Ce serait avec une autre qu'Alex viendrait un jour à Rosshampton. Il n'y avait pas de place pour elle, pas plus dans cette maison de rêve que dans l'existence d'Alex.

La voiture s'arrêta devant un imposant perron en haut duquel un homme vêtu de noir apparut.

— C'est Gillow, le majordome, expliqua Alex. Il s'occupe de Rosshampton avec sa femme depuis des années. Ils vont être contents de faire ta connaissance : il y a si longtemps qu'ils me demandent quand j'amènerai celle avec laquelle j'aurai envie de passer le reste de mes jours.

Louise fit la grimace.

— Tu crois que je vais me sentir plus à l'aise après ça ?

— Il est encore temps de faire marche arrière, tu sais.

Elle se redressa.

— Non. Nous avons conclu un marché. Je suis venue dans un but bien précis. Je ne vais pas reculer à la dernière minute.

— Très bien. Allons-y.

Sur ces mots, il la prit par la main et l'entraîna vers la maison.

Lady Perrins se trouvait au salon, assise dans l'un des canapés tapissés de brocart qui entouraient la cheminée.

— Grand-mère, voici ma femme, Louise.

Sans hâte, lady Perrins examina la nouvelle venue des pieds à la tête, depuis les mocassins en daim gris, en passant par la robe en daim gris, elle aussi, d'une coupe très classique, jusqu'aux discrètes boucles d'oreilles d'or. Puis elle hocha la tête.

— Vous êtes donc celle qui a réussi à dompter mon petit-fils ?

— Oh, non, madame ! Je ne veux pas le dompter. Je le trouve parfait tel qu'il est.

— Hum ! Vous n'êtes pas difficile.

Elle tapota les coussins du canapé.

— Venez vous asseoir près de moi et parlez-moi un peu de vous. Alex n'a rien voulu me dire. Il prétendait vouloir me surprendre. Et j'admets l'avoir été.

Elle se tourna vers son petit-fils.

— Laisse-nous. Gillow a déjà dû porter vos bagages dans la chambre chinoise.

Alex eut peine à cacher sa surprise.

— La chambre chinoise ? Nous ne sommes pas dans la suite royale ?

— Je l'ai donnée aux Maidstone. Cela ne t'ennuie pas ?

— Non, bien sûr que non.

L'expression d'Alex ne trahissait rien, mais Louise devinait qu'il était perturbé.

— Ton épouse te rejoindra là-haut une fois que nous aurons bavardé un peu.

Lady Perrins adressa un bref sourire à son petit-fils avant d'ajouter :

— Tu as meilleur goût que je ne le pensais.

Louise s'assit et croisa les bras, s'attendant à devoir répondre à un véritable interrogatoire. Mais une fois qu'elle se retrouva seule avec elle, lady Perrins se montra beaucoup plus chaleureuse, ce qui ne l'empêcha pas de questionner adroitement la jeune femme au sujet de sa famille, de son éducation et de sa carrière.

La vieille dame parut trouver tout à fait normal que Louise ait rencontré Alex au moment où ce dernier étudiait avec M. Trentham l'éventuelle recapitalisation de Trentham & Osborne.

Les « jeunes mariés » s'étaient auparavant mis d'accord sur la manière de répondre aux questions qui ne pouvaient pas manquer de leur être posées. Mieux valait éviter les contradictions !

— C'est pratiquement la vérité, avait déclaré Alex. Pourquoi chercher plus loin ?

Pendant que la jeune femme parlait, lady Perrins n'avait pas cessé de l'observer.

— Dites-moi, vous rend-il heureuse ? interrogea-t-elle soudain.

Louise, qui était loin de s'attendre à une pareille question, répondit avec une totale sincérité :

— Je l'aime. Je l'aime plus que je n'aurais jamais imaginé aimer quiconque.

— Ce n'était pas exactement ce que je vous ai demandé.

Lady Perrins sourit avant d'enchaîner :

— Alex a de la chance. Allez vite le rejoindre. Le thé sera servi dans une demi-heure, quand les Maidstone reviendront de leur promenade.

Mme Gillow, qui attendait dans le hall, emmena Louise au premier étage, tout en lui racontant des anecdotes au sujet d'Alex enfant.

— Ah, les tours pendables qu'il a pu nous jouer ! s'exclamat-elle avec indulgence. Vous ne pouvez pas imaginer !

La jeune femme ne l'écoutait que d'une oreille. Alex semblait certain qu'ils auraient droit à la suite royale. Il n'avait pas eu l'air heureux d'apprendre qu'ils avaient été relégués dans la chambre chinoise. Sans savoir de quoi il retournait exactement, elle s'inquiétait déjà.

Mme Gillow frappa un coup léger à l'une des portes du premier étage, et Louise fit son entrée dans une très grande pièce donnant sur le lac. Les murs étaient tapissés d'un papier oriental, il y avait deux commodes en laque noire incrustée de nacre, et les vases, tout comme les tapis, étaient chinois.

La jeune femme ne songeait pas à admirer la décoration. Son regard s'était immédiatement posé sur le grand lit qui trônait au centre de la pièce. Un lit très large, soit. *Mais un seul lit.*

Louise attendit que Mme Gillow sorte de la pièce pour se tourner vers Alex.

— Tu avais dit qu'on aurait deux chambres !

Sa voix monta à l'aigu.

— Tu avais promis que…

— Tu as entendu ma grand-mère aussi bien que moi. Elle a donné la suite royale aux Maidstone.

D'un ton sec, il ajouta :

— Une marque de faveur exceptionnelle.

— Nous ne pouvons pas dormir ici, déclara la jeune femme avec véhémence. Ce n'est pas possible.

— Malheureusement, nous n'avons pas le choix. Inutile de faire un drame.

— Facile à dire ! J'étais loin de m'attendre à ça, figure-toi.

— Ecoute, ce lit est assez large pour qu'on puisse y dormir à quatre sans se gêner. Je n'ai pas d'épée à placer entre nous, je le regrette, mais un traversin devrait suffire à marquer des limites que je ne franchirai pas, sois tranquille.

Elle secoua la tête.

— Je ne veux pas dormir ici. Pas question. Qu'y a-t-il derrière cette porte ?

— Une salle de bains.

— Le problème est résolu. Tu dormiras dans la baignoire.

— Sûrement pas !

Elle désigna une méridienne ornée d'un dragon doré.

— Bon, tu n'auras qu'à t'installer là, alors.

— Pas question. Ce canapé ne mesure pas plus d'un mètre cinquante. Si tu crois que j'ai envie de passer la nuit couché en chien de fusil !

— Alors c'est moi qui le prendrai.

— Comme tu veux. Si tu apprécies l'inconfort, tu seras servie.

Louise crispa les poings.

— Je parie que tu as tout manigancé.

— Naturellement. J'ai téléphoné à ma grand-mère pour lui dire : « Ma femme refuse de partager mon lit, pouvez-vous trouver une solution à ce problème ? » Reviens sur terre, Louise. Tu sais ce qu'il en est aussi bien que moi.

— Il doit y avoir une solution.

— Accepter la situation sans faire d'histoires. Je ferai tout mon possible pour te faciliter la tâche.

D'un ton moqueur, il poursuivit :

— Je tournerai le dos quand tu t'habilleras. Je n'entrerai pas dans la salle de bains sans frapper. Et j'éteindrai les lumières avant de me mettre au lit. Parce que — autant que tu sois prévenue —, je ne porte jamais de pyjama.

Louise baissa les yeux en s'efforçant d'ignorer les images suggestives qui s'imposaient soudain à elle.

— Tu sais, ce n'est que pour deux nuits, reprit-il. On va bien se débrouiller.

Sur ces mots, il consulta sa montre.

— Trêve de discussions. Il est temps de descendre : c'est l'heure du thé.

*
* *

Les Maidstone étaient déjà au salon quand ils y firent leur entrée. Cliff Maidstone était un homme d'une trentaine d'années relativement séduisant, avec un visage taillé à la serpe et des yeux fureteurs. Quant à sa femme, Della, elle était absolument ravissante : un visage de chat, des yeux légèrement en amande, de longs cheveux blonds… Tous deux ne cessaient de se regarder, de se toucher, de se sourire.

Louise les détesta dès le premier regard.

Cliff traitait lady Perrins avec beaucoup de déférence, tout en faisant un numéro de charme — ce qui semblait plaire à la vieille dame. Della ne cessait d'évoquer les nombreuses célébrités qu'elle avait eu l'occasion de rencontrer à l'époque où elle était mannequin. Elle pensait éblouir son auditoire, mais personne ne semblait spécialement impressionné.

— Cela me manque de ne pas travailler, soupira-t-elle. Avez-vous un emploi, Louise ?

— Pas pour le moment.

Evitant le regard d'Alex, elle poursuivit :

— Mais je songe à mettre sur pied un service de traiteur.

— Vous savez faire la cuisine ? s'étonna Della. Moi, je suis tout juste capable d'ouvrir une boîte de conserve.

Cliff éclata de rire.

— Tu es beaucoup plus douée que tu le prétends. Votre femme est donc un cordon-bleu, Alex ?

— Louise fait tout à la perfection.

Della laissa échapper un rire incrédule.

— Vous avez l'air conquis, dit-elle avec une certaine condescendance. Mais il faut dire que vous venez à peine de vous marier, vous êtes encore en lune de miel. Comment s'est déroulé votre mariage ? Le nôtre était tout simplement fabuleux.

Là-dessus, elle s'empressa de décrire sa robe, la pièce montée, les tenues des demoiselles d'honneur, les nombreux cadeaux qu'ils avaient reçus.

« Elle est stupide, jugea Louise sans charité. J'espère que lady Perrins s'en rend compte. Cette femme devenant la propriétaire d'une demeure chargée d'histoire comme Rosshampton ? Ce serait la fin de tout. »

Alex écoutait avec un intérêt apparent l'interminable récit de Della. Mais il y avait dans ses yeux une lueur moqueuse, et lorsque son regard rencontra celui de Louise, elle se sentit soudain tellement en phase avec lui qu'elle faillit éclater de rire.

L'épreuve suivante devait être celle du dîner. Lady Perrins avait invité une demi-douzaine d'amis — des gens de son âge pour la plupart.

Louise se trouva assise à côté de Cliff Maidstone, qui ne put s'empêcher de plaisanter au sujet de la réputation de play-boy d'Alex.

— Vous avez réussi à l'assagir ? demanda-t-il à la jeune femme. Bravo !

Il se mit ensuite à parler de Rosshampton.

— J'ai l'impression d'être chez moi ici. Lady Perrins nous a reçus si gentiment ! Je crois qu'elle aime beaucoup ma petite Della.

Il baissa la voix.

— Elle nous traite comme si nous étions ses invités d'honneur.

Jugeant inutile de faire preuve de diplomatie, Louise demanda :

— Quand pensez-vous retourner en Afrique du Sud ?

Son voisin s'éclaircit la gorge avec une certaine gêne.

— Je n'ai pas de projets précis pour le moment.

Avec un sourire suffisant, il poursuivit :

126

— Lady Perrins et mon grand-père étaient très proches autrefois. J'ai l'impression que je lui rappelle celui qu'elle a tant aimé.

Il soupira.

— A l'époque, sa famille ne voyait pas cette idylle d'un bon œil, car mon grand-père n'avait pas la chance de posséder une énorme fortune comme lord Perrins. Tout cela s'est terminé par un mariage de raison, ce que je trouve navrant.

Pensif, il conclut :

— Résultat ? Mon grand-père et lady Perrins ont été très malheureux, chacun de leur côté, alors qu'ils auraient pu être merveilleusement heureux ensemble…

Tout le monde se retrouva au salon pour le café. Les invités de lady Perrins n'étaient pas très drôles et les Maidstone avaient peine à retenir des bâillements d'ennui.

Ils ne tardèrent pas à s'excuser et montèrent se retirer dans la suite royale.

— Vous avez l'air un peu fatiguée, mon enfant, dit lady Perrins à Louise. Allez vous reposer.

Avec un sourire, elle ajouta :

— Ne vous inquiétez pas, je ne vais pas garder Alex trop longtemps.

Louise ne put qu'obéir. Elle regagna donc seule la chambre chinoise.

Mme Gillow avait posé au bout du lit la couverture supplémentaire que Louise avait demandée. Avec cette couverture et un oreiller, la jeune femme prépara son lit sur la méridienne. Elle avait pensé dormir tout habillée, mais sachant que cela ne lui amènerait que des réflexions sarcastiques de la part d'Alex, elle y renonça.

Après s'être préparée pour la nuit, elle s'installa tant bien que mal sur cette couche très dure.

« Je ne vais pas réussir à fermer l'œil », pensa-t-elle.

Un peu d'air lui ferait du bien ; elle alla entrouvrir la fenêtre. Lady Perrins devait se trouver sur la terrasse en contrebas, car sa voix monta jusqu'à Louise, très claire, très nette.

— J'espère que ta liaison avec Mme Crosby appartient maintenant au passé.

— Les choses ne sont pas si faciles…, commença Alex.

Le cœur de Louise était déjà lourd. Mais il s'alourdit encore. Refusant d'en entendre davantage, elle ferma la fenêtre.

Pourquoi Alex faisait-il de telles révélations à sa grand-mère ? Ce n'était pas très adroit. A moins qu'elle ne lui ait promis que Rosshampton lui reviendrait. Tranquillisé sur ce point, il aurait alors décidé de jouer la carte de la franchise ?

La jeune femme s'enroula dans la couverture et s'efforça de dormir. En vain !

Alex arriva une dizaine de minutes plus tard et, après avoir pris une douche, revint dans la chambre.

Louise ne bougeait pas, feignant d'être profondément endormie. Fidèle à sa parole, Alex éteignit les lumières. Puis il s'approcha de la méridienne où Louise, les dents serrées, gardait l'immobilité d'une statue.

Une odeur de savon et d'eau de toilette poivrée monta aux narines de la jeune femme. Alex était là, à quelques centimètres d'elle. Il lui suffisait d'étendre la main pour sentir sa peau nue, sa peau tiède…

Submergée de désir, elle retint sa respiration, tandis que les battements de son cœur s'accéléraient follement.

— Bonne nuit, Louise, dit Alex.

Il avait deviné qu'elle ne dormait pas !

Quelques secondes plus tard, il se mettait au lit. Dans ce grand lit qui devait être si confortable…

10.

Dès qu'elle ouvrit les yeux le lendemain matin, Louise sut qu'il se passait quelque chose d'anormal. Elle n'était plus recroquevillée sur la méridienne, mais confortablement étendue sur un excellent matelas, entre des draps d'une douceur exquise. Rien à voir avec cette couverture en laine qui lui grattait la peau.

Elle se souleva sur un bras et s'aperçut avec horreur qu'elle avait dormi dans les bras d'Alex !

« Oh, non, ce n'est pas possible ! se dit-elle avec désolation. Est-ce lui qui est venu me chercher ? Est-ce moi qui suis allée vers lui ? Que s'est-il passé ? C'est terrible, je ne me souviens de rien. »

Elle portait encore sa chemise de nuit, mais cela ne voulait pas dire grand-chose. Quant à Alex, il dormait du sommeil du juste. Avec précaution, elle se dégagea. Cela réveilla son compagnon.

— Bonjour, dit-il gentiment. Tu as bien dormi ?

— Tu peux m'expliquer ce que je fais ici ?

— Tu pleurais dans ton sommeil. Un mauvais rêve, je suppose. Et comme la couverture avait glissé par terre, tu étais gelée. Je me suis dit que tu serais mieux au lit.

— Tu m'as transportée ici contre ma volonté ?

Il s'appuya sur un coude.

129

— Ecoute, tu étais dans un état épouvantable. Tu sanglotais. Il fallait bien que quelqu'un te réconforte, et comme il n'y avait que moi…

— Que s'est-il passé exactement ?

Une lueur ironique passa dans les yeux verts d'Alex.

— Au lit, tu es une vraie tigresse !

— Dis-moi la vérité ! Que s'est-il passé ? insista-t-elle.

— Ecoute, si nous avions fait l'amour, tu t'en souviendrais. Mais dès que je t'ai mise dans ce lit, tu as cessé de pleurer et tu t'es lovée contre moi avec un petit soupir de satisfaction.

— Je ne savais pas ce que je faisais.

— Vraiment ? Pourtant, quand je te portais, tu as prononcé mon nom.

Elle pinça les lèvres.

— Et ensuite ?

— Ensuite, nous avons dormi. Très sagement.

Il s'étira. Malgré elle, Louise s'attarda à contempler les muscles d'Alex qui jouaient sous sa peau bronzée.

— Mais si tu avais voulu qu'il se passe autre chose, reprit-il, tu n'as qu'un mot à dire pour rattraper ça. Qu'en penses-tu ?

— Non !

Elle se souvint des quelques bribes de conversation qu'elle avait surprises la veille.

Elle avait beau aimer Alex de tout son cœur et de toute son âme, comment aurait-elle pu lui appartenir quand il ne cessait de penser à une autre ?

— Il faut que je me lève, dit-elle avec froideur.

— Pas encore. Il est très tôt et nous avons besoin de mettre certains détails au point.

Seulement vêtue de sa chemise de nuit, Louise se sentit soudain terriblement vulnérable.

— Ça ne peut pas attendre un peu ?

— On peut bien avoir une petite conversation sur l'oreiller.

— Ça ne peut vraiment pas attendre ? répéta-t-elle. Que nous soyons habillés, au moins.

— Fais-moi plaisir. Reste.

Capitulant, Louise s'installa le plus loin possible de lui et remonta le drap jusqu'à son menton.

— Tu vois, tu as passé la nuit dans mon lit… et tu as survécu, déclara-t-il. Etait-ce si pénible ?

— Je n'en sais rien : je dormais. C'est tout ce que tu avais à me dire ?

Il secoua la tête.

— Je voulais m'excuser pour l'autre jour. J'ai prétendu que David Sanders était ton amant, alors que je sais parfaitement que ce n'est pas le cas. Mais les apparences étaient trompeuses, je me suis fâché et je le regrette.

— Pourquoi t'es-tu emporté ? Il n'y avait aucune raison : d'après notre contrat, nous restons libres de faire ce qui nous plaît en privé.

— Je suppose qu'il s'agissait d'une réaction d'homme des cavernes. Pas question qu'un autre s'approche de ma femme !

Pensif, il ajouta :

— Ou bien j'ai trouvé dommage que tu perdes ton temps avec un idiot qui n'a jamais su t'apprécier. Tu peux trouver mieux qu'un David Sanders.

— Merci pour le conseil. Est-ce tout ?

— Oui. A moins que, de ton côté, tu n'aies quelque chose à me dire.

Elle hésita avant de demander :

— Ta grand-mère t'a-t-elle fait part de ses intentions au sujet de Rosshampton ?

Un sourire triomphant vint aux lèvres d'Alex.

— Cliff Maidstone va être très déçu.

— Tant mieux ! s'exclama-t-elle.

En réalité, le désespoir la submergeait. Car ses jours auprès d'Alex étaient désormais comptés.

Avec son autorité habituelle, lady Perrins avait organisé l'emploi du temps de chacun pour la matinée.

— Alex, tu vas emmener Cliff jouer au golf. Quant à Louise, elle m'aidera à mettre la dernière main aux préparatifs de la fête.

Comme rien n'avait été prévu pour Della, celle-ci passa la plus grande partie de son temps sur une chaise longue. Quand elle ne se limait pas les ongles, elle feuilletait des magazines de mode.

Ce n'était pas une sinécure de seconder lady Perrins. Tout était déjà organisé depuis des semaines, mais elle insistait pour tout modifier à la dernière minute. Louise était chargée de transmettre des ordres contradictoires aux domestiques.

Curieusement, ceux-ci ne semblaient pas s'affoler.

— Ne vous inquiétez pas, madame, lui dit Mme Gillow. Nous avons l'habitude. Milady veut toujours changer ce qui a été décidé. Nous ne touchons à rien parce que nous savons qu'elle décidera cinq minutes plus tard que c'était mieux avant.

La femme de charge soupira.

— Quand je pense que c'est la dernière fête que nous verrons ici.

— Pourquoi ?

— Mon mari et moi avons largement l'âge de prendre notre retraite. Avec une bonne pension, grâce au ciel ! M. Alex s'est occupé de cela et je peux vous assurer que nous ne serons pas à plaindre.

Elle regarda autour d'elle avec une pointe de regret.

— Cela nous attriste beaucoup de quitter Rosshampton. Mais rien ne dure toujours.

« A qui le dites-vous ! » songea Louise.

Peu à peu, tout se mettait en place. Le buffet avait été commandé auprès de traiteurs réputés et les camionnettes ne cessaient de se succéder à la porte des cuisines. Ce fut ensuite au tour des fleuristes.

Louise était fascinée par cette activité incessante.

« Mais je me sentirais complètement dépassée si je devais diriger une maisonnée de cette importance. En revanche, Lucinda Crosby saura certainement très bien prendre la place de lady Perrins », se dit-elle avec amertume.

Alex, revenu de sa journée de golf, alla se préparer le premier. Puis Louise monta prendre un bain. Après s'être soigneusement maquillée, elle revêtit enfin sa robe du soir — un bustier très ajusté sur lequel s'évasaient jusqu'à ses pieds trois volants en corolle.

Lorsqu'elle contempla son reflet dans la glace, elle eut l'impression de se trouver devant une étrangère. Une étrangère follement séduisante et exotique. Ce taffetas rouge foncé, elle devait l'admettre, mettait merveilleusement en valeur son teint nacré ainsi que la masse de ses cheveux sombres, maintenant artistiquement coupés.

Après avoir frappé un coup léger à la porte, Alex demanda :

— Je peux entrer ?

— Oui, bien sûr.

Il s'immobilisa sur le seuil en sifflant.

— Tu es superbe !

Elle se sentit rougir sous son regard admiratif.

— Tu n'es pas mal non plus, lança-t-elle d'un ton léger.

Le compliment était faible. Elle aurait pu lui dire que dans son smoking à la coupe parfaite, il était lui aussi... superbe.

Il lui tendit un écrin.

— Un petit cadeau.

Louise fit jouer le déclic. Et elle eut la respiration coupée en voyant étinceler un merveilleux collier « de chien », tout en diamants, orné d'un seul et énorme rubis.

— C'est un bijou magnifique, Alex. Mais je ne peux pas l'accepter.

— Tu es ma femme. J'ai le droit de t'offrir des présents. Et j'espère que tu porteras celui-ci ce soir.

Il prit le collier et, d'autorité, le lui mit autour du cou. Lorsqu'elle sentit ses doigts sur sa peau nue, elle fut envahie d'un trouble intense.

Puis il lui prit le bras.

— Allons-y.

Lentement, ils descendirent l'escalier. Lady Perrins, très élégante avec sa robe en dentelle grise et ses perles, accueillait ses invités dans le hall. A son côté, Cliff Maidstone avait l'air de très mauvaise humeur.

En voyant Della vêtue d'une robe en tulle bleu, Alex se pencha vers Louise.

— Tu crois que c'est son voile de mariée qu'elle a teint ?

A ces mots, Louise pouffa. Et soudain, toute sa timidité disparut. Toujours au bras d'Alex, elle alla rejoindre lady Perrins. Puis elle se mit à sourire et à serrer des mains, sans faire le moindre effort pour retenir les noms de ceux qui lui étaient présentés.

A quoi bon ? Elle ne reverrait probablement jamais ces gens-là.

Le petit orchestre que lady Perrins avait fait venir pour la circonstance attaqua une valse. Ce fut Alex qui ouvrit le bal avec sa grand-mère. Puis un homme aux cheveux gris s'inclina devant Louise qui le suivit volontiers sur la piste.

Après cela, la jeune femme ne manqua pas de partenaires. Souvent, son regard croisait celui d'Alex. Il lui souriait alors comme s'il était vraiment amoureux d'elle. Mais quand elle lui souriait en retour, *elle* ne jouait pas la comédie.

Au cours de la soirée, Louise retrouva Della devant le somptueux buffet. Tout en sélectionnant un canapé au caviar, cette dernière fit la grimace.

— Quelle musique ennuyeuse ! On se croirait à l'époque de la reine Victoria. On ne pourrait pas écouter un peu de disco pour changer ?

— Ma grand-mère déteste cela, dit Alex qui venait de les rejoindre.

Les musiciens interprétaient maintenant une valse lente. Prenant Louise par la taille, Alex l'entraîna vers la piste. Il la serrait si fort contre lui qu'elle ne put que poser la joue sur le revers satiné de son smoking.

Son corps, tout en souplesse, épousait celui d'Alex, tout en muscles. Elle avait l'impression d'être un bateau enfin arrivé au port. Certes, elle savait que si Alex l'étreignait ainsi, c'était uniquement pour donner le change à ceux qui les observaient. Mais c'était bon, si bon !

Lorsque la musique se tut, Alex lui effleura les lèvres d'un baiser. Puis il lui prit la main et déposa un autre baiser au creux de sa paume.

Quelques applaudissements retentirent. Louise leva la tête vers celui qui, en si peu de temps, avait pris une telle place dans sa vie. Elle croyait qu'il allait lui adresser un petit clin d'œil ironique. Pas du tout. C'était du désir qu'elle lisait dans ses prunelles.

Le même désir que celui qui la submergeait. Cette nuit, elle le savait, ils se donneraient l'un à l'autre. Elle le voulait tout autant que lui. Cependant, elle avait peur. Peur de son inexpérience. Peur de paraître ridicule. Avait-on jamais vu une femme de son âge encore vierge ?

La soirée ne se termina pas avant 2 heures du matin.

Cliff et Della Maidstone, qui semblaient bouder, s'étaient déjà retirés dans leur suite. Lady Perrins attendit que ses derniers invités prennent congé avant de monter à son tour, imitée par Alex et Louise.

— Bonsoir, mes enfants, dit-elle en les quittant sur le seuil de la chambre chinoise.

Elle adressa un sourire à la jeune femme avant d'ajouter :

— Vous étiez bien jolie ce soir, Louise.

— Merci, madame.

— Oui, tu étais bien jolie, renchérit Alex, une fois qu'ils se retrouvèrent seuls.

Et il commença à se déshabiller. Hypnotisée, Louise le regarda ôter sa chemise, puis défaire sa ceinture. Soudain, elle se détourna. Le rouge aux joues, elle alla appuyer son front à la vitre.

« Mon Dieu, que m'arrive-t-il ? Je me conduis comme ça ne m'est jamais arrivé auparavant... »

Quelques instants plus tard, Alex vint la prendre dans ses bras. Elle sentit la chaleur de son corps nu à travers le taffetas.

— Alex... ne fais pas ça.

En guise de réponse, il posa les lèvres au creux de son cou. De nouveau, le désir l'envahit. Un désir intense, irrépressible. Elle frémit, tandis qu'un léger gémissement s'échappait de ses lèvres.

— Alex... non, trouva-t-elle encore le courage de balbutier.

— Ne dis pas non, alors que ton corps dit « oui », alors que tes yeux, eux aussi, n'ont cessé de me dire « oui » tout au long de la soirée.

Il baissa la fermeture à glissière de la robe qui tomba en corolle aux pieds de la jeune femme, telle une immense fleur aux pétales rouge foncé.

Avec ce bustier, elle n'avait pas pu porter de soutien-gorge. Elle se retrouva donc presque nue devant Alex, à l'exception d'une minuscule culotte en soie ivoire.

Instinctivement, elle voulut se couvrir les seins de ses mains. Il lui saisit les poignets.

— Laisse-moi t'admirer, dit-il d'une voix rauque. J'ai tellement rêvé de te voir ainsi. Tu es belle, si belle… Je te veux, Louise.

Quand il la prit dans ses bras, elle se laissa aller contre lui.

— Dis-moi que tu me veux aussi.

Pourquoi résister ? Oui, elle le voulait. Elle le voulait avec une intensité presque effrayante. En cet instant, elle n'était plus que désir.

Dans la glace, elle surprit l'éclat des diamants qui ornaient toujours son cou. Puis leurs deux corps enlacés. Le corps hâlé et musclé d'Alex. Le sien, nacré, tout en courbes. Il y avait aussi les mains d'Alex sur ses épaules, sur ses seins, sur ses hanches… Ces mains viriles, qui exacerbaient son désir, semblaient soudain être partout à la fois.

Alex la souleva sans effort et la déposa sur le grand lit ouvert. Leurs lèvres se rencontrèrent tout naturellement dans un baiser sans fin. Un baiser auquel Louise répondit avec passion, dans un élan de tout son être.

Elle s'arquait contre Alex, fiévreuse de désir, à la fois impatiente et langoureuse.

Il releva la tête et lui adressa un sourire amusé.

— Nous avons tout notre temps. Autant que ce soit réussi. Je veux que tu gardes un bon souvenir de cette nuit.

Oh, oui, elle se souviendrait de chacun des instants de cette nuit-là ! Elle s'en souviendrait toute sa vie.

Les caresses d'Alex devenaient de plus en plus précises. Toutes ses inhibitions oubliées, elle n'hésitait pas, de son côté, à explorer ce corps d'athlète dont elle avait tant rêvé.

Et soudain, sans trop qu'elle sache comment, ils ne furent plus qu'un. Elle laissa échapper un léger cri. Mais la douleur avait été à peine perceptible : elle se sentait tellement détendue qu'elle était prête à recevoir Alex.

Il marqua un mouvement d'arrêt avant de continuer à l'entraîner dans la plus vieille danse du monde, la faisant sombrer dans un océan de volupté. Puis elle se sentit monter très haut, au septième ciel. Et ce fut ensemble qu'ils atteignirent l'extase.

Elle se laissa retomber sur les oreillers, hors d'haleine, avant de se lover amoureusement contre Alex. Jamais elle n'avait ressenti une telle impression de plénitude. Elle rayonnait.

— Repose-toi un peu, murmura Alex. Laisse ton corps s'adapter...

— Je ne suis pas fatiguée, prétendit-elle.

C'était faux. Et il le savait car il eut un petit rire de gorge.

— Repose-toi, répéta-t-il. Il faut que tu t'habitues à avoir un amant.

Et il lui embrassa le front.

— Dors.

Aussi heureuse qu'épuisée, Louise ferma les yeux sans protester davantage. Juste avant qu'elle s'endorme, une pensée dérangeante lui vint : pas une seule fois Alex ne lui avait dit qu'il l'aimait.

A quoi bon se faire des illusions ? Jamais il ne le lui dirait.

11.

Non, il ne lui avait pas dit qu'il l'aimait. Ce fut la première pensée qui lui vint à l'esprit au réveil.

Elle s'étira langoureusement.

Physiquement, elle se sentait merveilleusement bien. En revanche, sur le plan du moral… Elle se tourna vers Alex qui dormait encore. Se lasserait-elle un jour de le caresser, de le regarder, de l'aimer ? Probablement pas. Ce serait lui qui, très vite, la trouverait pesante.

Déjà submergée de désir, elle laissa ses mains errer sur ce corps avec lequel le sien avait pris tant de plaisir. Ses doigts s'arrêtèrent soudain sur ce ventre plat. Mais déjà, ces caresses produisaient leur effet…

— Continue, murmura-t-il.

Elle s'aperçut alors qu'il avait les yeux entrouverts. Depuis combien de temps l'observait-il ?

— Où est passée la femme si timide qui osait à peine me sourire hier soir ?

— Elle a disparu, après avoir découvert le septième ciel.

Confuse, elle ajouta :

— Je ne voulais pas te réveiller.

— Ç'aurait été dommage de t'en priver, pourtant, dit-il en l'enlaçant.

Dès qu'il lui prit les lèvres, elle se sentit fondre.

— Alex…, dit-elle dans un souffle, sa bouche contre la sienne. Oh, Alex…

De nouveau, elle lui appartint. De nouveau, elle atteignit des paroxysmes de plaisir que jamais elle n'aurait cru connaître — avant.

Puis ils restèrent dans les bras l'un de l'autre, tandis que s'apaisaient peu à peu les battements désordonnés de leurs cœurs.

— Tu vas m'épuiser, à ce rythme, dit Alex en riant.

Il resserra son étreinte.

— Quel temps perdu ! Je te désirais comme un fou, mais tu semblais de glace.

Il se remit à rire.

— De glace, toi ? Comment ai-je pu penser une chose pareille ? Tu es tout feu, tout flamme.

Reprenant son sérieux, il répéta :

— Oui, je te désirais comme un fou, mais je n'osais pas t'approcher. Je craignais une rebuffade. Je pensais, aussi, que tu aimais toujours l'imbécile que tu devais épouser.

— Je n'ai jamais été sa maîtresse, je te le jure.

— Je le sais, maintenant. Mais quand je l'ai vu sortir de chez moi, j'aurais été capable de le tuer.

Elle s'esclaffa.

— Cela aurait fait les gros titres dans la presse.

— Heureusement, j'ai pu me dominer. Il faut croire que le célibat forcé ne me convient pas.

Après un silence, Louise déclara d'un ton de reproche :

— Lucinda Crosby fait toujours partie de ta vie, pourtant. Je vous ai vus sortir ensemble de l'hôtel Belmayne. Tu ne l'as pas nié !

— Je n'étais pas en état d'infirmer ou de confirmer. Quand, après avoir croisé ce salaud en bas de l'immeuble, je t'ai trouvée sortant de la douche, je… j'ai complètement perdu la tête.

140

Mais si tu veux que nous parlions de Lucinda maintenant, je ne demande pas mieux. Autant tirer tout au clair.

Louise se raidit, attendant la suite avec une terrible appréhension.

— Je suis sorti avec elle pendant un certain temps, commença Alex. Ce dont je ne suis pas particulièrement fier. Mais c'était longtemps avant que je te rencontre, et je n'ai jamais été tenté de reprendre cette relation.

— Je t'ai vue avec elle à…

— Elle m'a piégé. La veille, j'ai reçu un coup de téléphone d'un soi-disant homme d'affaires qui souhaitait placer des capitaux dans des investissements à risques — ceux qui rapportent le plus, à condition que tout aille bien. Il a proposé que je le retrouve à l'heure du déjeuner au restaurant de l'hôtel Belmayne. J'y suis donc allé, mais dès le début, j'ai eu une impression bizarre. Le client semblait nerveux, mal à l'aise. Soudain, il m'a dit qu'il devait téléphoner, il s'est éclipsé… et Lucinda est arrivée. Avec la clé d'une chambre ! Elle voulait tout recommencer. Je l'ai envoyée promener en lui disant que j'étais maintenant marié. Cela n'a pas eu d'autre effet que celui de la faire rire. « Moi aussi, je suis mariée. Et alors ? » Je suis parti, elle m'a suivie dehors. Et c'est à ce moment-là que tu as dû nous voir.

Il lui prit les mains.

— Ce que je viens de te raconter est l'entière vérité, Louise, assura-t-il avec gravité. Tu me crois ?

— L'aimes-tu toujours ?

— Je ne l'ai jamais vraiment aimée. Quand j'y pense maintenant, je peux dire que notre relation n'avait rien de très sentimental. Je te jure qu'il ne s'est rien passé à l'hôtel Belmayne. Le malheur, c'est que les apparences étaient contre moi.

— Comme elles étaient contre moi, murmura Louise.

Et elle se lova contre lui, les yeux clos. Longtemps, ils restèrent tendrement enlacés, sans plus rien dire. Puis leurs sens reprirent le dessus et, de nouveau, la passion déferla sur eux...

Louise avait dû se rendormir, car lorsqu'elle ouvrit les yeux, le soleil était déjà haut dans le ciel. Elle se tourna immédiatement vers Alex. Mais il avait déserté le grand lit de la chambre chinoise.

Très déçue, elle s'étira paresseusement. Tout son corps était envahi d'une délicieuse langueur. Jamais de sa vie elle n'avait éprouvé un tel sentiment de bien-être.

Elle s'aperçut qu'elle avait toujours le collier de diamants autour du cou. Elle était en train de le remettre dans l'écrin quand on frappa à la porte.

Sans attendre la réponse, Mme Gillow entra.

— Bonjour, madame.

Cramoisie, Louise se cacha sous le drap tandis que la femme de charge posait un plateau sur la table de nuit.

— Il va encore faire très beau aujourd'hui, annonça Mme Gillow avec un sourire. M. Alex m'a demandé de vous monter votre petit déjeuner.

— Merci beaucoup, dit Louise, horriblement gênée.

— Si vous avez besoin de quoi que ce soit d'autre...

— Non, non, c'est parfait, se hâta-t-elle de répondre.

Une fois seule, elle s'empressa d'enfiler un peignoir avant de faire honneur à ce petit déjeuner appétissant : du jus d'orange, du thé, un œuf à la coque et des toasts. Elle mourait de faim et n'en laissa pas une miette.

Elle s'efforçait de ne pas penser à l'avenir. Ne pouvait-elle pas se contenter du présent ? Elle appartenait désormais à Alex pour toujours, corps et âme. Elle savait bien qu'il ne fallait pas espérer voir cette parenthèse passionnée se prolonger indéfiniment. Mais pour le moment, Alex la désirait. Il le lui avait dit. Au lieu de se poser mille questions inquiètes, elle avait tout intérêt à profiter — du moins tant qu'ils dureraient —, de ces moments de bonheur intense.

Après avoir pris un bain interminable, elle revêtit une longue jupe en lin crème et une chemise assortie. Puis après avoir passé un peu de gloss sur ses lèvres, elle contempla son reflet d'un air songeur. Elle crut qu'elle avait changé, mais, curieusement, ce n'était pas le cas. Ses yeux étaient à peine cernés. En revanche, peut-être lisait-on une vulnérabilité nouvelle dans ses prunelles ?

En sortant de la chambre chinoise, elle croisa Della Maidstone qui tirait une valise à roulettes.

— Vous partez déjà ? s'étonna-t-elle.

Della haussa les épaules.

— Il n'y a pas de raison de rester. Cliff a, une fois de plus, tenté sa chance et perdu. Je l'avais pourtant prévenu ! La vieille est une coriace.

Choquée, Louise se demanda si elle avait bien entendu.

— Mais comme d'habitude, il n'a pas voulu m'écouter, poursuivit Della. Et maintenant que tous ses espoirs sont tombés à l'eau, il est furieux.

— Vous allez retourner tous les deux en Afrique du Sud ?

— Moi, sûrement. Cliff, je n'en sais rien. Il a déjà tellement de dettes ici…

Elle examina Louise d'un air calculateur.

— Votre mari doit être content d'avoir gagné cette espèce de bras de fer. S'il est de bonne humeur, il acceptera peut-être de nous dépanner financièrement ?

Louise n'allait certainement pas répondre à la place d'Alex !

— Vous devez être déçus, murmura-t-elle, mal à l'aise. C'est une si jolie maison.

— Si on aime ce genre de baraque, oui. Moi, toutes ces antiquités me donnent plutôt le cafard. Remarquez, nous ne serions pas venus y vivre. Cliff connaît un type qui cherche une grande propriété pour y installer une balnéothérapie huppée. Il paraît qu'il est prêt à payer une fortune.

Elle soupira.

— Encore un des projets tordus de Cliff qui échoue ! A propos de projets, bonne chance avec le bébé. Quand j'ai dit à Cliff que je n'aurai jamais d'enfant pour ne pas abîmer ma silhouette, il a piqué une crise.

Louise fronça les sourcils.

— Le bébé ?

— Vous n'êtes pas au courant ? Votre mari ne vous a rien dit ? C'est pourtant une autre des conditions de la vieille. Elle veut voir des enfants courir dans le parc de Rosshampton avant de mourir.

Avec un rire aigu, elle poursuivit :

— Cliff était tout de suite partant. J'ai mis le holà à ses projets. Je ne suis pas une pouliche vouée à la reproduction, quand même ! Et quoi encore ?

Dans un geste encourageant, Della tapota l'épaule de Louise.

— Ne vous plaignez pas. Vous aurez la maison. Mais je ne vous envie pas le marmot !

Le choc avait été tel que Louise craignit de s'évanouir. Elle s'agrippa à la rampe, tandis que tout tournait autour d'elle.

Elle comprenait enfin ! C'était donc uniquement dans ce but qu'Alex avait joué le grand jeu de la séduction ? Il avait prétendu la désirer. En réalité, tout ce qu'il voulait, c'était un enfant pour satisfaire aux conditions imposées par sa grand-mère.

Faire un bébé dans le seul but de mettre la main sur une maison ! Il fallait avoir perdu la tête. En tout cas, c'était ignoble.

Louise se plia en deux. Ce qu'elle considérait comme une trahison lui faisait mal. Tellement mal !

D'un pas hésitant, elle retourna dans la chambre chinoise, prit sa valise et y jeta quelques vêtements à la va-vite.

En voyant la robe rouge, elle frissonna. Ah, pas question de l'emporter ! Jamais elle ne la remettrait. Et il en allait de même pour le collier.

La porte s'ouvrit et Alex apparut.

— Enfin levée ? lança-t-il avec bonne humeur.

Il déposa un léger baiser sur les lèvres glacées de la jeune femme.

— Tu fais déjà ta valise ? s'étonna-t-il. On ne part pas maintenant. Ma grand-mère souhaite que nous restions une nuit de plus. Elle veut nous parler de la maison.

Avec un sourire, il ajouta :

— Elle tient à être sûre qu'elle a pris la bonne décision.

— Je suis certaine que tu sauras la rassurer. Pas sur tous les points, évidemment. Il faudra attendre un mois ou deux.

— Comment cela ? demanda-t-il en fronçant les sourcils.

— Oh, je t'en prie !

— Mais que veux-tu dire ?

— Nous n'avons pris aucune précaution la nuit dernière : je suis peut-être enceinte.

Il fronça les sourcils d'un air perplexe.

— C'est une possibilité comme une autre, je l'admets. Si c'était le cas, ce serait si terrible ? Nous sommes mariés, après tout.

— Pourquoi n'as-tu pas pris de précautions ? insista-t-elle.

Il haussa les épaules.

— Tu ne pensais pas à cela quand tu soupirais de plaisir dans mes bras.

— La nuit dernière, je n'étais pas moi-même. C'est seulement maintenant que je me rends compte des risques que nous avons pris.

Il demeura silencieux pendant quelques instants.

— L'idée de devoir porter mon enfant te semble si épouvantable que ça ?

La vision d'un nouveau-né s'imposa brusquement à elle. Et elle faillit éclater en sanglots.

Au prix d'un effort surhumain, elle réussit à rencontrer le regard d'Alex.

— Nous avions conclu un marché. Un marché dans lequel il n'a jamais été question d'un bébé. Si ta grand-mère a imposé d'autres conditions, cela ne me regarde pas.

Alex paraissait tomber des nues.

— D'autres conditions ?

— Elle tient absolument à avoir des arrière-petits-enfants. Della m'a mise au courant avant de partir.

— Avoue que Rosshampton est un endroit formidable pour élever des enfants.

— Della était furieuse. Elle m'a dit qu'elle avait refusé catégoriquement d'être considérée comme une pouliche reproductrice. Apparemment, son mari lui avait demandé son avis. Je n'ai pas eu autant de chance.

Alex était devenu très pâle.

— C'est ainsi que tu vois les choses ?

Louise réussit à lui cacher son désarroi.

— Oui.

— Où est passée l'adorable femme qui dormait dans mes bras ce matin ? demanda-t-il avec un sourire cynique.

— Elle s'est réveillée. Et enfin, elle a vu clair.

Il croisa les bras.

— Tu as le choix maintenant, Louise. Ou nous nous en tenons à notre marché. Ou nous continuons dans la voie que nous avons suivie cette nuit : celle d'un mariage enfin devenu réalité.

La jeune femme laissa échapper un rire amer.

— Je t'en prie !

— Alors ? Qu'as-tu décidé ?

— Je... Je vais retourner à Londres. J'irai m'installer à l'hôtel.

Le sourire d'Alex était plus cynique que jamais.

— Essaie le Belmayne ! L'argent promis sera transféré à ton compte. Tu auras en plus une prime pour m'avoir permis de déflorer ton corps de rêve.

Elle se mordit la lèvre inférieure. En quelques minutes, son existence avait viré du rêve au cauchemar.

— Et s'il y a... des conséquences ? demanda-t-elle d'une voix presque inaudible.

Il eut un geste indifférent.

— Tu t'arrangeras comme tu voudras.

D'une voix qui claqua comme un coup de fouet, il ajouta :

— Tu n'auras qu'à m'envoyer la note.

— Bien sûr.

Personne n'aurait pu deviner son désarroi intérieur tandis qu'elle demandait avec froideur :

— Maintenant, peux-tu me laisser terminer tranquillement ma valise ?

Il la toisa avec mépris. Puis sortit en claquant la porte.

Restée seule, Louise s'effondra sur le lit. Voilà, c'était fini. Elle avait tout gâché.

Il n'y avait personne dans l'escalier. Personne dans le hall. Et la porte d'entrée était grande ouverte.

Au moment où, sa valise à la main, Louise arrivait en bas des marches, lady Perrins apparut sur le seuil du salon.

— Alliez-vous partir sans me dire au revoir, Louise ? demanda-t-elle d'un ton plein de reproche.

— Non, bien sûr, prétendit la jeune femme, alors que c'était justement son intention.

— Venez vous asseoir avec moi.

Louise fut bien obligée de la suivre au salon. Lady Perrins entra aussitôt dans le vif du sujet.

— Mon petit-fils vient de m'apprendre que vous voulez le quitter. Vous avez préféré vous en tenir aux termes du contrat plutôt que vous lancer dans un véritable mariage. Est-ce vrai ?

La stupeur de Louise était sans bornes.

— Vous… vous êtes au courant au sujet de…

— De ce ridicule contrat ? Mais oui, bien sûr. Alex m'a informée le jour où il m'a annoncé qu'il se mariait. Depuis qu'il est enfant, il vient se confier à moi chaque fois qu'il a des problèmes. Dans ce cas précis, je dois admettre que je suis à blâmer autant que lui.

En contemplant ses mains soigneusement manucurées, couvertes de bagues de prix, lady Perrins poursuivit :

— Sa manière de vivre ne me plaisait pas du tout. Mais j'ai eu tort de vouloir m'en mêler. Et j'aurais dû me douter que si je lui fixais un ultimatum, il irait jusqu'au bout.

— Est-ce pour cela que vous avez décidé de lui donner Rosshampton ? Vous regrettiez de l'avoir poussé à se marier ?

— Oh, non ! Cette propriété lui a toujours été destinée.

Louise fronça les sourcils.

— Je ne comprends pas. Et Cliff Maidstone ? Il semblait persuadé d'avoir ses chances.

— Ce jeune homme est un peu trop sûr de lui. Il croyait aussi qu'il réussirait à me persuader d'investir de gros capitaux dans une société n'existant que dans son imagination.

En pinçant les lèvres, elle murmura :

— Je n'aurais jamais pensé que la malhonnêteté était héréditaire… Mais dans ce cas précis, il n'y a aucun doute à avoir.

A mi-voix, comme pour elle-même, elle ajouta :

— Son grand-père avait cent fois plus de charme. J'ai un peu flirté avec lui… et tout de suite, il a cru que j'étais follement amoureuse.

Elle hocha la tête.

— Oui, les Maidstone ont beaucoup d'imagination.

Louise demeurait silencieuse. Qu'aurait-elle pu dire ?

— Hier, reprit lady Perrins, Alex vous cherchait tout le temps du regard. Pour lui, vous aviez l'air d'être le centre du monde. J'ai compris alors que mon petit-fils avait enfin trouvé la femme de sa vie. Cette impression s'est renforcée lorsque je l'ai vu ce matin, à l'heure du petit déjeuner. Il semblait perdu dans un rêve…

Louise baissa la tête.

— Il ne m'aime pas. Il m'a épousée pour obtenir la maison. C'est tout… Et cela me désespère.

— Il ne veut pas de Rosshampton.

— Quoi ?

— Il me l'a annoncé ce matin.

Incrédule, Louise demanda :

— C'est donc Cliff Maidstone qui…

— Sûrement pas. A la suggestion d'Alex, je ferai don de cette demeure à une association dévouée à la cause de petits orphelins.

Louise porta la main à sa bouche. Elle comprenait enfin !

— Les… les enfants que vous voulez voir courir dans le parc ? Il… il s'agit d'orphelins ? Della m'a dit que… que…

Lady Perrins eut un sourire sarcastique.

— Je n'ai pas pu m'empêcher de taquiner les Maidstone. Un peu méchamment, je le reconnais. Mais avouez qu'ils l'avaient cherché.

En soupirant, elle poursuivit :

— Mais croyez bien que jamais je n'ai voulu semer la zizanie entre mon petit-fils et vous. Jamais !

Louise se prit la tête entre les mains. Un bref sanglot lui échappa.

— Oh, mon Dieu ! Si vous saviez… J'ai dit à Alex des choses horribles !

— Je veux bien le croire. Quand il est venu me trouver, il y a une demi-heure, il était bouleversé. J'ai reconnu ce regard perdu que je ne lui ai pas vu depuis qu'il était tout enfant.

La jeune femme se leva.

— Où est-il ?

— Près du lac.

— Alex ?

Ce dernier leva vers Louise un visage ravagé.

— Tu n'es pas encore partie ? dit-il d'une voix rauque.

— Ta grand-mère vient de m'annoncer que tu ne veux plus de Rosshampton. Pourquoi ?

— Parce que cette satanée maison représentera toujours un obstacle entre toi et moi. Je veux pouvoir te dire : « Je te veux, toi, seulement toi, et sans conditions. » Si j'accepte Rosshampton, tu penseras toujours que je me suis servi de toi.

— Mais cette maison compte tellement à tes yeux ! Je suis sûre que ta grand-mère changerait d'avis si nous allions lui parler.

Louise se tordit les mains.

— Je n'avais pas compris ! Je n'avais rien compris… Et je t'ai accusé de… de choses horribles. Pourquoi ne m'as-tu pas expliqué ce qu'il en était réellement ?

— Par orgueil. Ce stupide orgueil qui m'a empêché jusqu'à présent de te dire que je t'aime.

Le soleil parut soudain plus brillant, le lac plus étincelant, et le chant des oiseaux devint absolument assourdissant.

— Tu… tu m'aimes ?

— Depuis le début, je crois bien. Depuis que tu m'as renversé sur la tête un paquet de vieux vêtements pleins de poussière. Mais je ne l'ai compris que plus tard.

Louise n'hésita pas. Elle se précipita dans les bras d'Alex.

— Moi aussi, je t'aime !

Leurs lèvres se rencontrèrent alors dans un baiser passionné. Puis Alex releva la tête et la contempla avec ferveur.

— Il reste un point très important à évoquer, déclara-t-il avec une gravité feinte. Et s'il s'avérait que tu étais enceinte ?

— Ce serait merveilleux ! s'exclama-t-elle.

Elle se lova tendrement contre lui.

— Mais après une nuit seulement, cela tiendrait du miracle, non ?

Avec un sourire impertinent, elle enchaîna :

— Il faudrait un peu plus de pratique, de manière à mettre toutes les chances de notre côté. Qu'en penses-tu ?

En guise de réponse, il captura ses lèvres avec fougue et la serra plus étroitement contre lui.

**Le nouveau visage
de la collection Or**

◆

AMOURS D'AUJOURD'HUI

Afin de mieux exprimer sa modernité et de vous séduire encore davantage, votre collection Or a changé de couverture et de nom depuis le 1er mars 1995.

Rassurez-vous, les romans, eux, ne changent pas, et vous pourrez retrouver dans la collection **Amours d'Aujourd'hui** tous vos auteurs préférés.

Comme chaque mois, en effet, vous y attendent des héros d'aujourd'hui, aux prises avec des passions fortes et des situations difficiles...

**COLLECTION
AMOURS D'AUJOURD'HUI :**
Quand l'amour guérit des blessures de la vie...

Chère lectrice,

Vous nous êtes fidèle depuis longtemps?
Vous venez de faire notre connaissance?

C'est pour votre plaisir que nous avons
imaginé un rendez-vous chaque mois
avec vos auteurs préférés, vos
AUTEURS VEDETTE dans les
collections Azur et Horizon.

Les **AUTEURS VEDETTE** vous
donneront rendez-vous pour de
nouveaux livres vedette.

Pour les reconnaître, cherchez
l'étoile... Elle vous guidera!

Éditions Harlequin

HARLEQUIN

LE FORUM DES LECTEURS ET LECTRICES

CHERS(ES) LECTEURS ET LECTRICES,

VOUS NOUS ETES FIDÈLES DEPUIS LONGTEMPS?

VOUS VENEZ DE FAIRE NOTRE CONNAISSANCE?

SI VOUS AVEZ DES COMMENTAIRES, DES CRITIQUES À
FORMULER, DES SUGGESTIONS À OFFRIR, N'HÉSITEZ
PAS... ÉCRIVEZ-NOUS À:

> LES ENTERPRISES HARLEQUIN LTÉE.
> 498 RUE ODILE
> FABREVILLE, LAVAL, QUÉBEC.
> H7R 5X1

C'EST AVEC VOS PRÉCIEUX COMMENTAIRES QUE NOUS
ALLONS POUVOIR MIEUX VOUS SERVIR.

DE PLUS, SI VOUS DÉSIREZ RECEVOIR UNE OU
PLUSIEURS DE VOS SÉRIES HARLEQUIN PRÉFÉRÉE(S)
À VOTRE DOMICILE, NE TARDEZ PAS À CONTACTER LE
SERVICE D'ABONNEMENT; EN APPELANT AU
(514) 875-4444 (RÉGION DE MONTRÉAL) OU 1-800-667-4444
(EXTÉRIEUR DE MONTRÉAL) OU TÉLÉCOPIEUR
(514) 523-4444 OU COURRIER ELECTRONIQUE:
AQCOURRIER@ABONNEMENT.QC.CA OU EN ÉCRIVANT À:

> ABONNEMENT QUÉBEC
> 525 RUE LOUIS-PASTEUR
> BOUCHERVILLE, QUÉBEC
> J4B 8E7

MERCI, À L'AVANCE, DE VOTRE COOPÉRATION.

BONNE LECTURE.

HARLEQUIN.

VOTRE PASSEPORT POUR LE MONDE DE L'AMOUR.

ROUGE PASSION

**De fiévreuses histoires
d'amour sensuelles!**

De provocantes histoires
d'amour passionnées et
romantiques qu'on lit d'une
seule traite. Aventureuses,
parfois humoristiques, et
sensuelles, elles mettent en
vedette des hommes et des
femmes d'aujourd'hui.

**ROUGE PASSION...
trois nouveaux titres
chaque mois.**

<u>COLLECTION HORIZON</u>

Des histoires d'amour romantiques qui vous mènent au bout du monde!

Découvrez la passion et les vives émotions qu'apportent à la Collection Horizon des auteurs de renommée internationale!

Captivantes, voire irrésistibles, ces histoires d'amour vous iront assurément droit au coeur.

Surveillez nos trois nouveaux titres chaque mois!

GEN-H-R

HARLEQUIN

COLLECTION
ROUGE PASSION

- Des héroïnes émancipées.
- Des héros qui savent aimer.
- Des situations modernes et réalistes.
- Des histoires d'amour sensuelles et provocantes.

LAISSEZ-VOUS TENTER
par 3 titres irrésistibles
chaque mois.

RP-1-R

L'ASTROLOGIE EN DIRECT
TOUT AU LONG
DE L'ANNÉE.

(France métropolitaine uniquement)
Par téléphone 08.92.68.41.01
0,34 € la minute (Serveur SCESI).

Composé et édité par les
*éditions*Harlequin
Achevé d'imprimer en juin 2004

BUSSIÈRE
GROUPE CPI

à Saint-Amand-Montrond (Cher)
Dépôt légal : juillet 2004
N° d'imprimeur : 42825 — N° d'éditeur : 10621

Imprimé en France